Gerlinde Hämmerle

Dies schrieb im stillen Kämmerle
für Euch
Gerlinde Hämmerle

Gerlinde Hämmerle

tredition

Idee & Lektorat: Sabine Unferfert-Hauke

Coverdesign & Layout: Katharina Hauke

Druck und Distribution
im Auftrag der Autorin:
tredition GmbH
Heinz-Beusen-Stieg 5
22926 Ahrensburg
Germany

Gerlinde Hämmerle
Rhode-Island-Allee 4
76149 Karlsruhe

ISBN: 978-384-02004-8

Wie es zu dem Buch kam

Gerlinde Hämmerle ist eine bekannte Persönlichkeit und Ehrenbürgerin unserer Stadt. Fünfundzwanzig Jahre war sie Berufsschullehrerin, sechzehn Jahre Karlsruher Stadträtin, sieben Jahre Bundestagsabgeordnete und elf Jahre leitete sie als Regierungspräsidentin den Regierungsbezirk Karlsruhe. Fast zwanzig Jahre ist sie nun im Ruhestand und weiterhin aktiv. Unter anderem macht sie legendäre Führungen im Badischen Landesmuseum, gestaltet Erich-Kästner-Abende mit der Combo Symbadico, organisiert politische Abende. Unzählige Ehrungen zeigen, wie sehr sie sich damals wie heute für Karlsruhe, für das Ehrenamt, für unsere Kultur und insbesondere für unsere Demokratie einsetzt.
Sie TUT etwas dafür!
Bei Recherchen über Gerlinde Hämmerle findet man Schlagzeilen, Interviews oder Zeitungsartikel, die aber keineswegs ihren Lebensweg, ihr Schaffen oder gar ihre Persönlichkeit abbilden. Darauf angesprochen forderte ich sie auf, das selbst zu ändern. Ich stellte ihr viele Fragen:
Wie war es im Krieg geboren zu sein oder in den Nachkriegsjahren aufzuwachsen? Wie war es damals, sich als junge Politikerin in der Kommunalpolitik zu behaupten? Wie war es, die Wiedervereinigung selbst mitzugestalten? Was tut eine Regierungspräsidentin überhaupt? Wie ist es nun, als passionierte Demokratin im Ruhestand zu agieren und eine politisch denkende alte Dame zu sein, die würde, wenn sie könnte …?
Die sprudelnden Antworten und Geschichten wurden von ihr innerhalb eines Jahres handschriftlich in blauen Ringbüchern festgehalten. Zeitlich sortiert und lektoriert entstand nun dieses Buch, mit dem Ergebnis eines sehr persönlichen Bildes.

Erfahren Sie darin mehr von Gerlinde Hämmerle, als Zeitzeugin eines Kriegs- und Nachkriegskindes und einer aktiven Mitgestalterin unserer Demokratie.

Danke Gerlinde für das Erinnern, das großes Vertrauen und die Zustimmung deine Lebensgeschichten zu veröffentlichen,

Sabine Unferfert-Hauke

On top

Neben dem Lesevergnügen entstanden parallel weitere Dokumentationen der Persönlichkeit `Gerlinde Hämmerle`. Wir begleiteten und interviewten sie an Orten, an denen sie viel Zeit ihres Lebens verbracht hat:
Sie spricht im Bürgersaal des Karlsruher Rathauses und erzählt über die Zeit als Stadträtin sowie über Begebenheiten in Bonn als Bundestagsabgeordnete.
Ein weiterer Film zeigt sie im Gerlinde-Hämmerle-Saal des Regierungspräsidiums, wo sie über die vielfältigen Tätigkeiten als Regierungspräsidentin spricht.
Im dritten Film folgt man ihr ins Badische Landesmuseum, wo sie ihre legendären Führungen macht.
Als Zugabe gibt es einen Zusammenschnitt aus alten Videoaufnahmen von 1992 und 1994. Man staune, in ihrer Zeit im Bundestag hat sie das Bundestagskabarett mitbegründet. „Die Wasserwerker“. Sie singt!

Angefügte Links am Ende der entsprechenden Buchkapitel führen zu den Aufnahmen. Und hier sind alle vier Filme zu finden:

www.youtube.com/@gerlinde-haemmerle

1940-1954

Die ersten 14 Jahre
Wolfach

„Glückliche“ Schwarzwälder Kindheit

Mein Leben begann im Frühsommer 1940, mitten im Zweiten Weltkrieg, in Wolfach, einem Städtchen im Schwarzwald. Es war zu dieser Zeit üblich, dass die Menschen aus den großen Städten, die sich vor Bombenangriffen fürchteten, ihre Angehörigen aufs Land schickten, um sie in Sicherheit zu haben, sofern es diese Möglichkeit gab. So kamen auch meine Eltern von Karlsruhe nach Wolfach.
Der Großvater August Hämmerle war dort Bürgermeister. Ingeborg, meine eineinhalb Jahre ältere Schwester, und ich waren fröhliche Kinder, die nichts wussten von den Sorgen der Mutter und Großmutter. Der Vater, der geliebte Papa, war im Krieg. Mehr wussten wir Kinder nicht, nur ein kleines Photo auf dem Nachttischchen der Mama zeigte ihn: Einen schönen jungen Menschen mit strahlendem Lächeln und einer fremden Kleidung, einer Uniform.
Dann merkten auch wir in unserem Schwarzwaldstädtchen, was Krieg bedeutet. Zwar hatten wir keine Bombenangriffe und Nächte im Luftschutzkeller, aber die Männer kamen nicht mehr zurück oder wenn, dann als gebrochene, zerstörte Gestalten und man hörte vermehrt den Begriff „Kriegerwitwe“. Unser Papa blieb bis 1950 verschwunden, als endlich die ersten Lebenszeichen aus der russischen Kriegsgefangenschaft kamen. Aber er kam erst vier Jahre später zurück, zehn Jahre nachdem ich ihn zum letzten Mal gesehen hatte, 1954, als kranker Mann aus Sibirien. Bis dahin hatten wir nur das kleine Foto, das ihn jung, glücklich und fröhlich zeigte.

Ich hatte keine glückliche Kindheit, wenn man darunter die Idylle der Schwarzwaldlandschaft versteht. Wolfach ist eine wunderhübsche kleine Stadt mit allen Voraussetzungen dazu, aber es war nicht so. Das Hauptgefühl, das meine Kindheit bestimmte, war Angst - Angst, der Vater könnte nicht aus Russland zurückkommen und wir würden arm bleiben, denn das waren wir. Meine über alles geliebte Mama bekam keinerlei Unterstützung bis ins Jahr 1950, als endlich die ersten Lebenszeichen kamen. Bis dahin war mein Vater nicht tot, aber auch nicht lebendig, also gab es nichts. Sie arbeitete auf den Bauernhöfen, nähte, stopfte, flickte und bekam dafür Essen und vielleicht ein wenig Geld, aber das weiß ich nicht. Wenn die Bauern großzügig waren, durfte sie uns Mädchen nachmittags oder in den Ferien mitbringen, dann hatte ich keine Angst. Ich war ja dabei und ich konnte auch fröhlich mit den Bauernkindern spielen oder Kühe hüten oder im Stall helfen.
Wenn wir aber nicht dabei waren und sie war allein mit dem Fahrrad unterwegs auf diesen abgelegenen Höfen und den verlassenen Tälern, Besatzungssoldaten unterwegs, von denen man nur schreckliche Dinge hörte, da bin ich jedes Mal, bis sie am Abend daheim war, vor Angst gestorben. Meine Schwester und ich saßen dann in tiefster Finsternis am Fenster und warteten, ob ein einsames Fahrradlicht sich unserem Haus näherte. Wenn sie es war und sie war endlich zu Hause und es war ihr nichts passiert, habe ich fürchterlich geweint und musste zur Oma ins Bett genommen werden, damit ich überhaupt schlafen konnte.
Ich habe schon als Kind unter Schlaflosigkeit gelitten, was meine Oma, die eine strenggläubige evangelische Christin

aus Marbach am Neckar war, dadurch zu bekämpfen suchte, dass sie mich im Mai jeden Abend in die katholische Maiandacht schickte und im Oktober in die Rosenkranzandacht. Sie war der festen Überzeugung, dass das Gemurmel und das Halbdunkel in der Katholischen Kirche mich einschläfern würden. Ich schlafe bis heute schlecht und wenn, dann nur mit Licht. Mit meinen 84 Jahre ist mir diese Störung geblieben.

Die Angst um den Verlust der Eltern beherrschte mich voll und ganz, aber ich hatte nie den Mut mit meiner Mutter darüber zu reden.

„Uneheliche“ Kinder

In Wolfach war man überwiegend katholisch, was auch auf die Hämmerles zutraf, nicht aber auf die Familie meiner Mutter. Sie waren zugezogene evangelische Schwaben aus Marbach am Neckar.
Mein Großvater mütterlicherseits hieß Eugen Rohm, war Möbelschreiner und hatte eine kleine Büromöbelfabrik. Noch heute ziert mein Schlafzimmer einen über 100 Jahre alter Kleiderschrank mit tiefen Fächern und schwungvollem Spiegel. Der Großvater hat ihn für sein eheliches Schlafzimmer selbst gemacht. Er ist so stabil, dass er alle meine Umzüge mitgemacht und überstanden hat. Ich erinnere mich noch an das Gelände der Schreinerei, wo große Holzstapel lagerten, die den Geruch nach frisch gesägtem Holz verströmten. Wenn ich heute irgendwo diesem Geruch begegne, leben sämtliche Erinnerungen auf, klar und ohne Störungen. Was ist das menschliche Gehirn doch für ein unergründliches Organ!
Zurück zur Religion: Die Rohms, die Familie meiner Mutter, waren als Württemberger natürlich evangelisch, wir aber lebten nun bei den katholischen Fürstenbergern. Mein Vater, obwohl der älteste Sohn des Bürgermeisters, der ja dem Zentrum angehörte, war schon früh aus der katholischen Kirche ausgetreten, was meine Mutter dann auch tat. Aus diesem Grund waren meine Schwester und ich nicht getauft.
Eines Tages kam der katholische Stadtpfarrer von Wolfach zu meiner Mutter zu einem Gespräch, Gottlieb Huber, ein allseits hochgeachteter Mann, eigentlich von Beruf Bierbrauer

bei der Fürstenberg Brauerei in Donaueschingen. Aber durch den Ersten Weltkrieg und die schrecklichen Ereignisse geprägt, wurde er dann katholischer Priester. Also dieser Gottlieb Huber kam zu meiner Mutter und kurze Zeit nach dem Besuch wurden meine Schwester und ich getauft, woran ich mich noch lebhaft erinnere. Das war für uns Mädchen nichts Außergewöhnliches, denn wir waren von klein auf in die katholische Kirche geschickt worden, ebenso in den katholischen Kindergarten zur wunderbaren Schwester Scholastika und in den katholischen Religionsunterricht. Kurz nach der Taufe kam dann auch die Erstkommunion und die Firmung.

Was war geschehen?

Erst viel später habe ich dies erfahren: Pfarrer Huber verdeutlichte meiner Mutter, offensichtlich mit Erfolg, dass ihre Mädchen in Wolfach keine Zukunft haben werden, wenn ihr Mann nicht mehr aus dem Krieg zurückkäme und die Kinder nicht mal getauft seien - natürlich katholisch.

So gab es einen Familienrat, der aus der Verwandtschaft meiner Mutter bestand, ein Rat aus evangelischen Frauen, denn die Männer waren noch in Kriegsgefangenschaft. Sie haben sich zusammengesetzt und beraten und kamen dann zu dem Ergebnis: Jawohl, man muss den beiden Kindern alle Wege ebnen und offen halten und jetzt werden sie halt katholisch. Und so kam es, dass ich mit neun und meine Schwester mit zehneinhalb katholisch getauft wurden.

Meine Taufe habe ich, wie gesagt, in lebhafter Erinnerung: Wir standen vor dem Altar mit Pfarrer Huber und den Messdienern. Wir hatten die gleichen blauen Kleidchen an, mit

roten Biesen und bezogenen Stoffknöpfen, und das Taufwasser lief uns über das Gesicht. So waren wir also nun getaufte katholische Kinder.
Diese Tatsache nutzte uns aber bei dem katholischen Religionslehrer am Gymnasium in Hausach nichts, denn jedes Mal vor dem Religionsunterricht forderte er, indem er auf uns deutete: „Die Unehelichen in die letzte Bank!“ Warum? Meine Eltern waren nicht kirchlich verheiratet und so waren wir für ihn *unehelich*. Eine tiefe Kränkung für ein kleines Mädchen in der damaligen Zeit!
Diese Kränkung sollte später aber von uns genommen werden, wovon ich an anderer Stelle erzähle.

Wir zwei waren also nun katholisch und alle anderen der Familie evangelisch oder gar nichts. Weil meine Familie aber wusste, dass wir mit Argusaugen beobachtet wurden, achteten sie streng darauf, dass wir auch als katholisch sichtbar waren. Das hieß, jeden Sonntag in die Kirche und alle vier Wochen samstags zur Beichte.
Im Hochamt, also der Messe an den Sonntagen, die um zehn Uhr begann, wurde mir immer schlecht, weil ich keinen Weihrauch riechen kann. Ich wurde ohnmächtig. Das geht mir bis heute so. Meine Schwester beklagte sich Zuhause, wollte nicht mehr mit mir in die Kirche gehen, weil sie sich schämte. Da beschloss meine Mutter: „In Ordnung, dann geht ihr in die Singmesse, die ist ohne Weihrauch.“ Der Haken war nur, dass die Singmesse in der Herrgottsfrühe anfing, nämlich sonntags um 7 Uhr.
Aber der sonntägliche Kirchgang war es nicht allein. Unser Stadtpfarrer hatte die Angewohnheit seine Schäfchen zu

belohnen, wenn sie im Mai jeden Abend in der Maiandacht waren. Sie durften dann bei der Fronleichnamsprozession teilnehmen, die bis heute ein herrlich buntes Spektakel in Wolfach ist, mit Blasmusik und Blumenteppichen vor jeden der vier Altäre. Wenn die wertvoll verzierte Monstranz an diesen Altären hochgehoben wurde, um dem gläubigen Volk den Leib des Herrn zu zeigen, dann ertönten von einer Bergkuppe, die das Lieblingsziel der Sonntagsspaziergänger war, dem „Stuckhäusle", vier Böllerschüsse.
In dieser Prozession, die durch das festlich geschmückte Städtchen führte, durften nur die Kinder etwas Heiliges tragen, die jeden Abend in der Maiandacht waren, ein Fähnchen oder so wie ich einmal ein goldenes Lamm, das Gotteslamm auf einem roten Samtkissen. Ich kam mir dabei selbst schon vor wie eine Heilige. Mein Heiligenschein war gerade am Entstehen und dann passierte es: Der Gummizug meiner Schiesser Unterhose riss und dieselbige arbeitete sich langsam aber sicher Richtung Kniekehlen. Meine Oma, die neben der Prozession hergegangen war, um auf ihr heiliges Kind aufzupassen, zerrte mich mit einem schnellen Griff aus der Prozession heraus, als diese kurz zum Stillstand kam, zog mir die Unterhose mit einem Ratsch aus und das heilige Kind beendete samt Gotteslamm die Prozession ohne Unterhose.

Alle vier Wochen ging es samstags um 15 Uhr zur Beichte. Es war immer ein großes Problem für uns Kinder, was wir eigentlich beichten sollten, denn Sünden hatten wir ja keine. Es gibt zur Hilfe beim Beichten den sogenannten Beichtspiegel, in dem allerhand Sünden aufgeführt sind, z.B. Ungehorsam oder Widerworte gegen die Eltern oder Unmäßigkeit im

Essen und Trinken oder Unkeuschheit. Alles mehr oder weniger Blödsinn für ein Kind. Aber wir nahmen das sehr ernst und beschlossen, alles was in diesem Beichtspiegel geschrieben stand zu beichten und am besten jede Sünde in der Woche zweimal. Meine Schwester fand, dass zweimal genug sei. So machten wir das jedes Mal.
Unser Stadtpfarrer saß immer mit einem großen weißen Taschentuch vor dem Gesicht im Beichtstuhl. Heute vermute ich, dass er schlief, was hätte er auch sonst tun sollen. Wenn jemand den Beichtstuhl betrat, ließ er sein Tuch leicht fallen, um zu sehen, wer da ist. Dann ging das Gemurmel los und er schlief ein.
Zum x-ten Mal beichtete ich eines samstags das Gleiche und als ich angekommen war bei „Ich bin unkeusch gewesen, in der Woche zweimal", ließ er das Taschenbuch fallen und fragte mich: „Allein oder mit andern?" Ich war völlig irritiert und antwortete wahrheitsgemäß: „Das weiß ich nicht, Herr Stadtpfarrer." Darauf er: „Lindkind", so nannte er mich immer in Abwandlung meines Vornamens, „wenn du das nicht weißt, brauchst du es nie mehr beichten." Dann gab es den immer gleichen Spruch: „Ego te absolvo, und bete zur Buße drei Vaterunser und drei Gegrüßest seist du Maria." Man sprang leicht und aller Sünden ledig aus dem Beichtstuhl und aus der Kirche.
Nach der Beichte durften wir vom „Jehle-Beck" Schneckennudeln holen und die gab es dann mit Kakao. So fand der Beichttag für uns ein fröhliches Ende.

Nachkriegskindheit

In der Nachkriegszeit, als die Lebensmittel mehr als knapp waren, strömten die Frauen, oft mit ihren Kindern, aus den großen Städten hinaus aufs Land, um bei den Bauern Wertgegenstände gegen Lebensmittel einzutauschen. Ganze Silberbestecke oder Porzellanservice der besten Marken oder wertvolle Teppiche fanden so ihren Weg auf die Bauernhöfe. Manchmal erhielt man nur ein paar Kartoffeln dafür oder Eier, im besten Fall ein bisschen Milch. Man nannte diesen Vorgang „Hamstern". Aus den Großstädten wie Berlin, Köln oder Frankfurt fuhren ganze Sonderzüge zu diesem Zweck aufs Land.
Wir wohnten zwar in einer kleinen Stadt, hatten aber ebenfalls nichts zu essen. Also machte sich auch unsere Mutter mit uns Schwestern auf zu den Bauernhöfen der Umgebung. Das war nicht so weit, man brauchte keinen Zug, man konnte meistens zu Fuß gehen, was aber auch mehrere Stunden dauerte und manchmal nahmen wir einen Leiterwagen mit.
Es war erbärmlich, die Mama bettelte an Türen der Bauern. Manche waren höflich und bedauerten, dass sie nichts geben konnten, aber manche ließen auch den Hofhund von der Kette. Diese Hunde waren scharf und gefährlich, denn es war ja ihre Aufgabe, die oft abgelegenen Höfe zu bewachen.
Ich erinnere mich nicht daran, dass wir viel bekommen hätten. Der Leiterwagen blieb fast immer leer und wir Kinder saßen dann auf dem Heimweg völlig erschöpft darin und mussten zuschauen, wie die Mama weinte. Mehr als ein paar Eier oder eine Handvoll Kartoffeln hatten wir nach meiner

Erinnerung nie. Es herrschte immer eine traurige und gedrückte Stimmung.
Heute als erwachsener alter Mensch mit Lebenserfahrung würde ich diesen Zustand als demütigend bezeichnen. Meine Mutter konnte es nach kurzer Zeit nicht mehr ertragen und stellte das Hamstern ein.
Wirklich Hunger gelitten haben wir Kinder nicht, mit irgendetwas wurden wir immer satt, aber dass ein Stückchen Butter Luxus war, habe ich heute noch in Erinnerung. Wir hatten natürlich auch keine Kuh oder Ziege, Milch war also auch immer Mangelware. Glücklicherweise hatten wir aber einen Garten, sodass es von dort im Sommer und Herbst immer etwas zu ernten gab. Die wenigen Kartoffeln, Gelberüben und Sellerie bedeckte man für den Winter mit Sand, in dem die Lebensmittel sich gehalten haben.
Glücklicherweise gab es im Sommer und Herbst auch Beeren und Pilze. Heidelbeeren zu pflücken war auch sehr mühsam, aber dafür haben sie gut geschmeckt - winzig klein und dunkelblau und mit einem wunderbaren Aroma. Wenn man mit blauen Lippen und einer blauen Zunge nach Hause kam, hat die Oma natürlich gemerkt, dass das meiste in unseren Bäuchlein gelandet war, anstatt in der Blechmilchkanne, die man zu diesem Zweck mitgenommen hatte. Pilze musste man kennen, aber wir Schwestern waren darin nicht gut.
Kinder konnten sich ein paar Groschen verdienen, in dem sie in Einmachgläsern Kartoffelkäfer auf den Feldern sammelten, die man dann beim Besatzungsbüro abgab und wenige Pfennige dafür bekam. Das war eine mühsame und eklige Arbeit, weil die Kartoffelkäfer fürchterlich stinken. Man hat diesen Geruch tagelang nicht von den Händen bekommen.

Noch mühseliger war das Sammeln von Bucheckern, „Buchele“ genannt. Diese winzig kleinen Samen der Buchen musste man zwischen dem Laub suchen. Ein Spankorb voll ergab einen halben Liter Öl, den man sich dann in der Ölmühle abholen konnte.
Kaugummi und andere fremdartige Dinge lernten nur die Kinder in der amerikanischen Besatzungszone kennen, die Franzosen hatten das nicht. Erst als die Franzosen uns Kinder ab und an in eine Gaststätte, den „Zähringer Hof“, mitnahmen, wo es Bratkartoffeln und Spiegeleier gab, bekamen wir manchmal ein bisschen Schokolade.

Meine Gedanken schweifen ab:
Wenn ich heute Salzbrezeln und Apfelsaftschorle zu mir nehme, egal wo auf dieser Welt und seltsamerweise auch einmal in einem verrosteten russischen Militärhubschrauber, dann denke ich an Wolfach, das kleine Schwarzwaldstädtchen, in dem ich aufgewachsen bin. Die Erinnerung ist so stark, dass sie alles andere verdrängt. Warum?
In den Wirtschaften, die es damals landauf landab gab, standen Bierkrüge oder Biergläser auf den Tischen, in denen Salzstangen waren, auch Bierstangen genannt oder aber Salzbrezeln. Wenn wir Kinder in ein Gasthaus mitdurften, dann war es meistens an der *Fasnet*, einer Tradition im Alemannischen. Die *Fasnet* heißt Fastnacht, hat aber mit Karneval nichts zu tun. In der Fastnachtszeit gab es sonntagnachmittags das sogenannte Schnurren. Dabei zogen Gruppen von Lokal zu Lokal und nahmen irgendwelche Begebenheiten des vergangenen Jahres auf die Schippe, ein ebenso harmloses wie fröhliches Vergnügen. Wir Kinder durften dabei sein und

genossen die auf den Tischen liegenden Salzbrezeln oder Bierstangen. Und dann gab es Apfelsaftschorle! Für diesen Geschmack lasse ich heute noch alles liegen und denke, egal ob in New York in der American Airlines oder in Frankfurt in der Lufthansa oder im russischen Militärhubschrauber an der Wolga, an das Schnurren bei der Wolfacher Fasnet.

Wieder zurück zur Nachkriegszeit:
Als die Franzosen unser Haus beschlagnahmten, hatten wir große Angst, denn wir waren ja nur Frauen und Mädchen. Wir hatten aber das Glück, dass unsere Tante Hedwig gut Französisch konnte. Sie sprach deshalb beim Offizier vor und sagte ganz offen, dass in diesem Haus drei erwachsene Frauen, zwei davon ganz jung, die Oma sowie zwei kleine Mädchen lebten. Meine Tante erzählte ihr Leben lang davon, was der Offizier antwortete: „Madame, ich garantiere für meine Männer!“ Und es ist auch nichts passiert, außer dass unsere Oma dem Herzschlag nahe war, als sie mit ansehen musste, wie die Soldaten, es waren Marokkaner, das Parkett aus der Diele herausrissen, an einem Dreizack ihren Kochtopf aufhängten, unter dem sie dann mit dem Parkett Feuer machten.
Aber gegen die furchtbaren Erlebnisse in den Städten war das alles harmlos!
Wir mussten nach kurzer Zeit das Haus verlassen und kamen mit vier Personen beim ältesten Bruder meiner Mutter unter, der in einem „Siedlerhäusle“ wohnte, wie man diese kleinen Häuser nannte. Für meine Oma und mich gab es keinen Platz und wir mussten im Nachbarhaus ein Zimmer mieten, in das wir jeden Abend zum Schlafen gingen.

Die Franzosen haben unsere Möbel auf die Straße gestellt, aber man durfte sie nicht holen. Oma ist jeden Abend hin geschlichen und hat das Klavier mit einer Wolldecke zugedeckt. Nachdem die Franzosen abgezogen waren, sind wir nie mehr in unser eigenes Haus zurückgekehrt.

Die Marokkaner waren übrigens die ersten dunkelhäutigen Menschen, die ich gesehen habe. Ich kannte bis dahin nur „das Negerlein" von der Weihnachtskrippe in Oberwolfach. Das durfte man damals noch sagen, ohne des schlimmsten Rassismus verdächtigt zu werden. Es nickte dankend mit dem Kopf, wenn man eine kleine Münze hineinwarf. Es war freundlich, lächelte immer und war ein unverzichtbarer Bestandteil der Krippe. Ganze Generationen von Kinder sind mit der positiven Ausstrahlung aufgewachsen, den das kleine Figürchen vermittelte, und ich denke, dass keiner wegen der Oberwolfacher Weihnachtskrippe zum Rassisten geworden ist. Ich jedenfalls nicht!
Zu diesem Thema möchte ich frei, wie es unser Grundgesetz erlaubt, meine Meinung sagen: Die Weltgemeinschaft und damit jeder einzelne von uns tut nicht genug, um Armut und Diskriminierung wirklich zu bekämpfen. Es genügt nicht, die Sprache nach Diskriminierungen zu durchforschen und sie dabei manchmal erschreckend zu verbiegen. Nein, die Würde des Menschen entsteht durch Teilhabe <u>aller</u> Menschen am Wohlstand, durch die Ächtung der Kriege und die Beseitigung von Diktatoren.

Nun noch ein unvergessliches Ereignis: Die Franzosen hatten 1945 Freudenstadt eingenommen, diese wunderschöne Stadt

an allen vier Ecken angezündet und somit abgebrannt. Danach setzten sie sich in Bewegung, das malerische Tal des Flüsschens Wolf herab auf Wolfach zu. Grauenhafte Gruselgeschichten gingen ihnen voraus. Alle Mädchen und Frauen mussten von der Straße weg sein. Wir haben aus unserem Versteck dennoch geschaut:
Und dann kamen sie, die Kavallerie, wunderbare weiße Pferde mit roten Schabracken und darauf diese dunkelhäutigen Menschen. Richtig schwarz sind die Nordafrikaner nicht, aber für uns aus einer anderen Welt. Ich empfand diesen Anblick, die dunklen Menschen, die weißen Pferde und die roten Schabracken wie ein Märchen. Bis auf den heutigen Tag sehe ich dieses Bild mit Märchenaugen. Richtig Angst hatten wir keine mehr und sie waren auch freundlich zu uns. Es ist uns wie gesagt, außer dem Verlust des Hauses, nichts Schlimmes passiert.

Es gäbe noch viel zu erzählen, beispielhaft die Geschichte mit den roten Röckchen: Es war Sommer und Stoffe waren rar. Urplötzlich hatten alle Mädchen im Städtchen rote Röckchen an. Wie kam das?
Die Hakenkreuzfahnen des Dritten Reiches waren streng verboten, aber jeder Haushalt hatte eine im Keller. Sie war ja bekanntlich rot. Also haben die Frauen das Hakenkreuz-Emblem heraus getrennt und aus dem roten Fahnentuch für ihre Mädchen rote Röcke genäht.
Not macht erfinderisch!

Weihnachten bei uns zu Haus

Wolfach liegt im Kinzigtal, besser gesagt am Zusammenfluss der Kinzig und Wolf, mit klarem Wasser und ansehnlichem Stadtbild, geprägt von Bürgerhäusern, denen man den Stolz der Besitzer heute noch ansieht.
Dort habe ich also meine Kindheit und einen Teil meiner Jugend verbracht, wie schon beschrieben in bescheidenen Verhältnissen, denn mein Vater war noch sehr lange in russischer Kriegsgefangenschaft, meine Mutter arbeitete hart und die Oma war mit meiner Schwester und mir Zuhause. Wir waren überhaupt nur Frauen, auch die übrigen Männer der Verwandtschaft waren entweder gefallen oder ebenfalls in Kriegsgefangenschaft.
Man kann an dieser Schilderung nur unschwer erahnen, dass das tägliche Leben, genauso wie die Festtage, also auch Weihnachten, nicht von Üppigkeit geprägt waren. Trotzdem waren Vorfreude und Feiertagsstimmung vorhanden, vielleicht mehr als heute. Die einzige Trübung dieser Tage war die Abwesenheit des Vaters, für den wir immer Kerzen aufs Fensterbrett stellten.
Weihnachten teilte sich in zwei Teile, die Vorweihnachtszeit und die eigentlichen Feiertage.
Die Vorweihnachtszeit war voller Geheimnisse, obwohl es ja in dieser Kindheit, der Kriegs- und Nachkriegszeit eigentlich nichts gab, was man vor den Kindern verstecken konnte.
Es begann schon im Herbst damit, dass man alles was der Garten hergab einkochte, auch Mehl und Zucker hortete, um das Weihnachtsgebäck einigermaßen hinzukriegen. Vor allem

die Eier mussten bis Weihnachten gerettet werden, da die Hühner ja im Winter nicht mehr legen. So kamen denn die Eier in ein irdenes Gefäß, einen Topf aus Steingut, gelegt in sogenanntes ´Wasserglas´, einer glitschigen Masse aus löslichem Alkalisilikat, wie ich später nachlesen konnte. Dies verschließt die Poren und bewahrt die Eier vor dem Schlechtwerden. Ich habe mich immer davor geekelt in den Keller zu gehen und in der glibberigen Masse nach Eiern zu tasten. Heute kennt das niemand mehr, Gott sei Dank.
Die typische weihnachtliche Linzertorte konnte man sich in jener Zeit nicht leisten, denn es gab ja nicht genügend Butter und Mandeln. Zu unserem Weihnachtsfest gehörte aber ein Zwetschgenkuchen - jawohl ein Zwetschgenkuchen! - , denn diese Früchte hatten wir ja im Herbst eingeweckt, wie man damals sagte. Heute benutzt man die Erfindung des Herrn Weck, nämlich das Einweckglas, vornehmlich zu Dekorationszwecken, zum Servieren edler Nachspeisen oder exotischer Limonaden.
Als die Zeiten es wieder erlaubten, wurde dann ziemlich viel Kleingebäck hergestellt. Vorwiegend ´Butterbackes´, wie man in Karlsruhe sagt. ´Ausstecherle´ hieß es bei uns oder ´Busserle´. Das Kleingebäck herzustellen war die Aufgabe von Oma und mir. Mir oblagen die fisseligen Aufgaben, zum Beispiel mit einem spitzen Küchenmesser den Zuckerguss in die Zacken der Zimtsterne zu ziehen und zwar exakt, da gab es kein Pardon. Und wenn ich doch einmal murrte, dann kam der Erziehungsgrundsatz meiner Oma zum Tragen, der da schlicht hieß: Stell dich nicht so an! Einen Satz, den ich heute noch im Ohr habe und der mir im späteren Leben auch oft geholfen hat. In vielen schwierigen und heiklen Situatio-

nen meines vielseitigen Lebensweges, besonders in der Politik, habe ich die Stimme der Oma gehört: Stell dich nicht so an!
´Stell dich nicht so an´ hieß es auch, wenn man zum Beispiel einen Schmalzwickel auf die Brust bekam, der fürchterlich heiß war und sogar Brandflecken hinterließ, aber bei Bronchitis geholfen hat, wie nichts anderes. Nur gerochen hat es scheußlich und meine ausgeprägte Abneigung gegen Schmalz, auch gegen Schmalzbrot, hat bestimmt etwas damit zu tun. Aber wie gesagt: ´Stell dich nicht so an´, das war die Parole.
Die Herstellung von Weihnachtsgebäck ist, wie jeder weiß, eine süße und klebrige Angelegenheit und so hatten wir zum Ausgleich immer in Reichweite ein Glas Essiggurken für mich - dass sie von uns eingelegt waren, versteht sich von selbst - und ein Fläschchen Bier für die Oma. Ich habe nie mehr wieder so wohlschmeckende Essiggurken gegessen wie damals, nicht einmal im Spreewald. Wahrscheinlich lag es daran, dass sie doch etwas mit Zucker, Zimt und Vanille in Berührung gekommen waren.
Es wurde sehr viel gebacken, denn es gab im Schwarzwald einen wundersamen Brauch: Am Nachmittag des Heiligen Abends wurden alle Kinder des Städtchens mit Gebäcktüten von Haus zu Haus zu allen Nachbarn geschickt, um Kostproben abzugeben. Manche, die man nicht leiden konnte, ließ man auch einfach aus. Es ging folgendermaßen vor sich: Wir gaben unsere Tütchen ab, mit herzlichen Weihnachtsgrüßen, und bekamen von den Beschenkten ebenso viele Gebäcktüten zurück. Und so kam man mit der selben Anzahl von Tüten wieder heim. Jeder Beschenkte konnte nun mit Freude fest-

stellen, dass die eigenen ´Busserle´ eben doch die Besseren waren.
Heute vermute ich, dass es diesen Brauch nur deswegen gab, damit die Kinder aus dem Haus waren und die Erwachsenen in Ruhe den Baum schmücken und andere Vorbereitungen treffen konnten. Anders als heute, hat man nicht mit den Kindern zusammen den Baum geschmückt. Nein, der fertig geschmückte Baum war genauso ein Geschenk, wie alles andere und wenn das Glöckchen erklang und die Tür aufging, dann stand er da, in ganzer Pracht und Herrlichkeit.

Denn irgendwann war es endlich soweit, der Heilige Abend war da. In die Kirche gingen wir nicht. Mitten in der Nacht in die Kirche zu gehen kam uns doch recht absonderlich vor, zumal es damals im Schwarzwald noch richtig viel Schnee gab. Aber eine Kerze stellten wir immer ans Fenster!
Der Heilige Abend bestand zunächst aus einem Abendessen, immer das gleiche jedes Jahr, Kartoffelsalat und Schäufele und danach kam die Bescherung. Sie fiel jahrelang mager aus, aber sie hat uns Kinder doch gefallen - meiner Schwester vielleicht weniger, denn sie musste immer Klavier spielen und uns allen deswegen nicht so richtig, weil halt einige fehlten: Vater, Onkel, Cousin.
Ich sagte immer ein Gedicht auf und dann wurde gesungen, alle Weihnachtlieder, auch Kirchen- und Volkslieder. Auch wenn es mir oft zu lange dauerte, so verdanke ich doch diesem Brauch die Tatsache, dass ich bis heute fast alle Strophen aller Lieder auswendig kann. Wir haben überhaupt viel gesungen, im Garten, in der Schule und besonders im Herbst, wenn wir unter dem Vordach vor der Küche saßen und Apfel-

und Birnenschnitze auf Schnüren auffädelten, die dann im Keller zu Dörrobst getrocknet wurden, welche dann zu Weihnachten und den ganzen Winter hindurch die Speisen anreicherten.
Und dann kam die Bescherung. Sie hatte feste Bestandteile, die jährlich wiederkehrten. Es gab einen Bettbezug oder ein Kopfkissen oder ein Leintuch für die Aussteuer. Das war immer von´Witt Weiden´. *D*ann gab es ein Stück vom Silberbesteck. Löffel, Gabel, Messer, Kuchenbesteck, Fischbesteck, immer ein Teil. Ja, das war für die Aussteuer, man kann nicht früh genug damit anfangen. Am besten schon ab der Geburt eines Mädchens! Dies übernahm immer die Patentante, sie war für das Silber zuständig. Das war praktisch, denn erstens kamen Mädchen so zu ihrem Besteck und zweitens wusste die Tante immer, was sie schenken sollte. Das Silber war natürlich von WMF, das war Ehrensache.
Bei mir erwies sich das alles als eine große Fehlinvestition, denn ich habe nie Aussteuer gebraucht und habe solche Dinge auch nie mitgenommen auf meinen unterschiedlichen Wegen. An den verschieden Orten habe ich immer nur das Notwendigste gekauft und deshalb Wäsche und Besteck rechtzeitig verschenkt. Wenn Witt Weiden und WMF das gewusst hätten!
Aber wie immer im Leben hat alles eine gute Seite. Bei meinem Einzug hier in die Fächerresidenz war ich weder durch zu viel Bett- und Tischwäsche, noch durch verschiedene Kaffee- und Essservice belastet. Womit bewiesen wäre: Man kann nie wissen, für was es gut ist!

Nochmals zur Bescherung: Es gehörte auch ein bunter Teller dazu mit unseren und den gesammelten Busserlen und einer goldgelben, großen, süßen und saftigen Birne in der Mitte. Meine Tante, bei der wir wohnten nachdem die französische Besatzung unser Haus beschlagnahmt hatte, diese Tante also hatte am Haus ein Birnenspalier, dessen Früchte nach der Lagerung im Keller erst an Weihnachten richtig reif und unglaublich köstlich waren. Wenn man hinein biss, lief einem der süßeste Saft der Welt über das Kinn. Seither schlummert tief in meinem Herzen eine geheime und unerfüllte Sehnsucht nach einem Birnenspalier!
Eine Apfelsine lag erst nach der Währungsreform 1948 auf unserem Teller, vorher waren mir diese Früchte nur von Bildern bekannt. Daher kommt es wohl auch, dass bis heute der Geruch von Orangen auch eine intensive Erinnerung an Weihnachten in mir hervorruft. Egal zu welcher Jahreszeit, bei Orangen denke ich immer an Weihnachten.
Und natürlich der Puppenwagen!
Da stand er in voller Schönheit. Das Glück war vollkommen, obwohl es immer der gleiche war. Auch die Puppe war immer die gleiche, eine andere gab es nicht.
Ich hatte eine Schildkröt Puppe, das war damals fast ein Vermögen. Meine Schwester hatte eine mit Porzellankopf und echtem Haar und natürlich hatten beide Puppen Schlafaugen. Sie hießen Annemarie und Doris. Sie waren wunderschön und wie neu, denn sie waren für Weihnachten neu eingekleidet worden. Manchmal hörten wir in der Adventszeit die Nähmaschine bis tief in die Nacht rattern und dann wussten wir, dass nicht das Christkind die Puppen neu einkleidete,

sondern die Mama oder die Oma. Auch der Puppenwagen bekam neue Kissen und Deckchen.
Warum war das alles so schön für uns Kinder? Weil der Puppenwagen am Dreikönigstag wieder auf den Speicher verschwand. Erst im nächsten Jahr an Weihnachten bekamen wir ihn wieder. Er wurde dann heimlich von den Eltern vom Speicher geholt und die gleiche Prozedur begann von vorne. Nie haben wir gebettelt, ob wir den Puppenwagen und die Puppen haben könnten. Zum Spielen unter dem Jahr hatten wir eine von irgendeiner Tante gestrickte Wollpuppe. Das war so und wir haben daran nie gerüttelt. Abgesehen davon spielten wir in meiner Erinnerung immer draußen und dort weniger mit Puppen. Dort gab es ´Bubenspiele´, auf Bäume klettern usw., Hauptsache gefährlich und verboten.
Man stelle sich die Prozedur mit dem Speicher und dem Puppenwagen und der Puppe einmal in der heutigen Zeit vor!

Die Zeiten wurden besser, der Vater kam endlich zurück, es ging uns gut, wir zogen nach Karlsruhe und eine neue Zeit begann. Weihnachten wurde mehr und mehr zum Wohlstandsfest und obwohl wir uns noch immer über die Geschenke freuten, war der Kinderzauber verschwunden.

1954-1967

Schule und Ausbildung
Karlsruhe

Rückkehr des Vaters

1954, als die schlimmsten Folgen des 2. Weltkrieges hinter uns lagen und die meisten Menschen schon wieder einen kleinen Wohlstand aufgebaut hatten, kam mein Vater aus russischer Kriegsgefangenschaft zurück.
Ich war inzwischen 14 Jahre alt geworden. Schon seit einiger Zeit kamen immer mal wieder Rücktransporte und im Radio wurden stundenlang die Namen der Heimkehrer verlesen.
Der Name Max Hämmerle war nie dabei. Aber eines Abends hörte unsere Türglocke nicht auf zu läuten und alle riefen das gleiche: „Hilde, der Max kommt heim, im Radio wurde sein Name vorgelesen!“
Und dann kam auch das ersehnte Telegramm. Max Hämmerle war im Lager Friedland angekommen. Die Süddeutschen wurden von dort aus nach Stuttgart gebracht und unsere Mama und ein Onkel fuhren mit dem heute noch existierenden ´Zügle´ von Wolfach über Freudenstadt nach Stuttgart, um ihn zu empfangen und heimzubegleiten. Wir Schwestern und die Oma fuhren dem Rückzug bis Schiltach entgegen. Dort schauten unsere Mama, unser Onkel Albert und … ein Skelett aus dem Zug. „Meinst du, das ist er?“, fragte meine Schwester. Und er war es, das Skelett war unser Papa, den wir als Vierjährige und Fünfeinhalbjährige zum letzten Mal gesehen hatten.
Es war ein merkwürdiges Gefühl, keine Freude, etwas Fremdes, das von jetzt an zu uns gehören sollte. Unser Vater war zwar überall im täglichen Leben gegenwärtig gewesen, selbst wenn ich nicht Klavier spielen wollte, hieß es: „Aber der

Papa will, dass du Klavier spielst!“ Richtige Präsens war das natürlich nicht. Er war fremd und doch vertraut, dieser Mann, der unser Vater war.

Und dann kamen zwei Ereignisse, die mich auf ewig an ihn geschmiedet haben. Die Stadt Wolfach hatte für ihren `Letzten Sohn` einen großen Empfang gegeben. Am Stadttor hing eine Girlande und unsere Haustürklingel stand nicht mehr still.

Gesehen habe ich es nicht, aber gehört: Es klingelt, mein Vater macht auf. Eine Stimme, die mir bekannt vorkommt, murmelt etwas von Gottes Güte und Gnade. Mein Vater fragt: „Sind Sie der Kaplan, der meine Mädchen so gequält hat?“ Dann ein Stoß, ein Schrei, ein Gepolter, ein weiterer Schrei meiner Mutter: „Max, wenn der jetzt tot ist, kommst du gleich wieder ins Zuchthaus!“

Was war geschehen? Der Hausacher Kaplan war es. Er wurde von meinem Vater die steile Holztreppe hinuntergestoßen und hatte sich dabei in seiner langen Soutane verwickelt. Überlebt hat er es, wurde aber nie mehr gesehen.

Das war der Moment, in dem die ganze Schmach meiner Kindheit von mir abfiel.

Und das zweite Ereignis: Wenige Tage nach Vaters Rückkehr, der Trubel hatte sich ein wenig verlaufen und die Pressefotos waren abgeklungen, versammelte unser Vater seine Frauen, also Mama, Oma, meine Schwester und mich und sagte folgenden Satz, den ich in seinem Wortlaut nie vergessen werde: „Also“, sagte er „ ihr seid zwei prächtige Mädchen. Die Mama und die Oma haben euch erzogen. Sie haben es gut gemacht und es bleibt dabei: Sie bleiben eure ersten

Ansprechpersonen. Hintenrum zum Papa gehen gibt es auch nicht. Der Papa ist immer für euch da, auch wenn ihr den größten Blödsinn angestellt habt, aber die ersten Personen sind Mama und Oma."
Für diesen Satz wären wir für ihn durch alle Feuer dieser Welt gegangen.

Meine Eltern waren ein wunderbares Paar. Leider durften sie nur noch knappe 14 Jahre beieinander bleiben. Meine Mutter lag, mit nur 58 Jahren, eines morgens tot im Bett, ohne für uns erkennbare Anzeichen einer Krankheit. Aber vielleicht hat sie uns auch manches nicht gesagt, sie lebte nur noch für ihn und natürlich für uns.
Niemals habe ich von ihr einen eigenen Wunsch gehört, was natürlich falsch war. Man darf sich selbst nicht aufgeben, egal für wen. Soviel Selbstaufgabe rechtfertigt auch die größte Liebe nicht.

Schule muss sein

Ja, das muss sie wohl. Die Kindergartenzeit, noch in den letzten Kriegsjahren, bei unserer geliebten Schwester Scholastika, einer Bühler Nonne, lag lange hinter uns. Auch die Grundschule im Wolfacher Rathaus, die für mich mit dem Ende des Zweiten Weltkrieges ein Jahr später begann. Noch heute erinnere ich mich an meinen Ersten Schultag: Ich bekam einen abgetragenen Lederschulranzen, aus dem Schwamm und Wischtuch heraushingen, weil im Inneren eine Schiefertafel war. Die Oma gab mir einen Klaps auf den Ranzen und sagte: „Da gehst du jetzt rein, das ist deine Schule."

Viele Jahre später, als ich schon zu den sogenannten Promis meiner Stadt gehörte, fragte mich ein junger Journalist nach meiner Schultüte. Er war sehr erstaunt, dass ich überhaupt keine hatte. Unvorstellbar für die Generation, die aus dem Ersten Schultag ein allumfassendes Familienfest macht, zu dem die Verwandtschaft bis nach Amerika eingeladen wird. Ich freue mich für alle heutigen Kinder, aber so wie bei uns ging es auch! Der Wettbewerb um die ausgefallensten und teuersten Schulranzen allerdings finde ich unnötig!

Nach der Grundschule ging es ins Hausacher Gymnasium, folgte damit meiner Schwester. Meine schulischen Leistungen waren in manchen Fächern ungenügend, was mir ein schlechtes Gewissen machte, weil für das zweite Kind das Schulgeld fürs Gymnasium nur entfiel, wenn die Noten gut waren. Ich habe schrecklich darunter gelitten, dass meine Mama meinetwegen, wegen dem Schulgeld, so viel arbeiten musste. Das wurde erst besser, als mein Vater da war, die Mama nicht mehr in der Nacht herumfahren musste mit dem Fahrrad und wir nach Karlsruhe zogen.

Schon 1954, also bald nach der Rückkehr des Vaters, ging es dann nach Karlsruhe, wo meine Eltern vor dem Krieg als junges Paar ohne Kinder gelebt hatten. Ich war froh, dass ich meine Schwarzwälder Kindheit hinter mir hatte.

In Karlsruhe setzte sich allerdings meine problematische Schulzeit fort. Das Fichtegymnasium war einfach nichts für mich, und das fing schon bei der Anmeldung an. Die Schulleiterin begutachtete mein Hausacher Zeugnis, das nicht berauschend war, und meinte: „Meine junge Dame, du wirst dir einen neuen Vorsatz fassen!“, was mir einen heftigen Fußtritt meines Vaters unter dem Tisch eingebrachte.
Nach dem Erreichen der 10. Klasse und dem Realschulabschluss besuchte ich die dreijährige Frauenfachschule. Diese Schulart gibt es heute nicht mehr. Das war endlich mein Ding! Geistige und körperliche Fähigkeiten wurden gefördert, neben der Theorie in der Schule gab es den Praxisbezug. So kam ich in einen Haushalt auf einem Weingut in Schlingen/Markgräflerland und in die Großküche der Landesfrauenklinik in Karlsruhe. Wir wurden zu selbstbewussten jungen Frauen erzogen, genau die richtige Voraussetzung für meine spätere Tätigkeit als Berufsschullehrerin, die man auch damals dringend brauchte.
Die Schule schloss mit dem abfällig genannten „Puddingabitur“. In Wirklichkeit war es das Staatsexamen in Hauswirtschaft. Dem Staatsexamen folgte ein viergeteiltes Prakti-

kum, je ein Vierteljahr Jugendamt (Jugendgerichtshilfe), Krankenpflege (Kinderklinik), Fabrikarbeit (Kaloderma) und nochmals Großküche (Mensa der Technischen Hochschule). Diese Praktika waren zwar lästig, aber sie führten uns angehende Berufsschullehrerinnen den Alltag und die Arbeitswelt der Schülerinnen vor Augen.
Danach begann das Berufspädagogische Institut in Stuttgart, das zwei Jahre dauerte und wenig mit einer heutigen Pädagogischen Hochschule zu tun hat. Man hat auf uns herabgeschaut, aber ich bedaure sehr, dass diese Art der Lehrerausbildung dem Wahn, alles auf die Hochschule zu bringen, zum Opfer gefallen ist.
Später wurden wir durch Eignungsprüfung in den Höheren Dienst übernommen, sonst hätte ich nicht, viele Jahrzehnte später, Regierungspräsidentin des Regierungsbezirks Karlsruhe werden können.

Ich war dann 25 Jahre begeisterte Lehrerin im Berufsschulwesen, das ganz anders war als heute. Die Pflichtberufsschule für Mädchen ohne Ausbildungsvertrag, die eigentlich schon erwachsen waren, mit den daraus resultierenden Problemen, die so ein System mit sich brachte, war mir auf den Leib geschrieben. Ich liebte die tägliche pädagogische Herausforderung.
Bei diesem Kapitel fällt mir immer wieder ein, dass kaum ein Aufenthalt in der Stadt, in einem Kaufhaus oder im Kino vergeht, ohne dass nicht eine Frau mittleren Alters auf mich zukommt, mich mit Namen anspricht und mir sagt, dass sie bei mir in die Schule gegangen sei und was dies Positives für ihr Leben bedeutet hat. Und wenn mir, wie jüngst geschehen

am Brezelstand vor einem Supermarkt, die Verkäuferin zuruft „ Frau Hämmerle, auch wenn ich nicht die Beste war, aber die Zeit bei Ihnen in der Schule war die schönste Zeit in meinem Leben“ , dann freut mich das und denke, dass ich etwas richtig gemacht habe.

Ich bin als Studiendirektorin in den einstweiligen Ruhestand gegangen, als ich in den Bundestag gewählt worden bin. Das konnte keiner von sich behaupten, der sich damals über das „Puddingabitur“ lustig gemacht hatte.

1967-1987

---

20 Jahre Kommunalpolitik

Politik - Wechselbäder der Gefühle

Meine Berufstätigkeit an der Helene-Lange-Schule, die übrigens später in die Elisabeth-Selbert-Schule überging, eine der fünf Mütter unseres Grundgesetzes und von der SPD, war herausfordernd und gut, aber mein Interesse galt auch der Politik. Und da ich von meinem Vater gelernt hatte „Wer in der Lage ist zu kritisieren, der muss sich auch beteiligen und mitmischen“, wollte ich in eine Partei eintreten.
Es war eine heiße und aufregende Zeit, die Achtundsechziger wirbelten die politische Landschaft gründlich durcheinander und große Gestalten wie Willy Brandt rückten in den Fokus. Wegen Willy bin ich dann 1967 in die SPD eingetreten, wie damals sehr viele. Ich gehörte nun dem Ortsverein Südweststadt an, der als konservativ galt und es auch war.
Es war auch der Beginn größerer Präsenz Frauen in den Parteien, so auch in der SPD: Gretel Vogt, Hanne Landgraf, Irmtraud Kaiser u.a. hatten schon einen guten Namen in Karlsruhe, aber man hielt auch nach jüngeren Frauen Ausschau. Als die Kommunalwahlen anstanden, wurde ich gefragt, ob ich auf die Liste gehen würde, ebenso Heinke Salisch, Ute Kumpf und Doris Fürgut, und wir wurden auch gewählt - nicht alle gleich sofort, aber doch sehr bald. Ich schaffte es auf Anhieb, konnte mich sogar um einige Plätze nach oben verbessern, was bei unserem Wahlsystem des Kumulierens möglich ist. Unsere Zeitung hat dann am anderen Tag getitelt: Jetzt kommen die Frauen!

Ein Jahr nach meiner Zugehörigkeit zur Fraktion, hatte ich unerwartet den Auftrag die Haushaltsrede zu halten. Das war eine ungeheure Auszeichnung, die mir natürlich viel Neider einbrachte. Ich war schon eine geübte Rednerin, aber bei dieser war ich so aufgeregt, dass ich dachte, das Rednerpult nie zu erreichen, vielleicht vorher ohnmächtig zu werden oder den Absatz zu verlieren. Nach der Haushaltsrede fragte mich ein Journalist, wer mein Ghostwriter sei. Ich hatte dieses Wort noch nie gehört, und der Gedanke, dass ich meine Rede nicht selber schreiben würde, war mir völlig fremd.
Seit dieser Haushaltsrede wurde ich auch für andere politische Ämter gehandelt, von denen aber einige auch mit Niederlagen besetzt waren.
1. Niederlage:
Eines Tages ging Walter Wäldele, der SPD Bürgermeister, in den Ruhestand, also sollte die SPD einen Nachfolger für ihn benennen. Ich war zu dieser Zeit Fraktionsvorsitzende und es war üblich, dass die oder der dann Nachfolger wird. Ich war dafür vorgesehen und ich hätte es auch gerne gemacht, weil das ein Sprungbrett gewesen wäre, um eines Tages als OB (Oberbürgermeister) zu kandidieren. Und das war eigentlich mein politischer Traum. Ich wäre sehr gerne OB von Karlsruhe geworden!
Als dann die Sitzung kam, in der die SPD Fraktion ihren Vorschlag machen sollte, tauchte plötzlich, ohne dass ich davon etwas wusste, ein anderer Kandidat auf, ein Mann, und die Fraktion schlug ihn mit großer Mehrheit vor. Ich war zutiefst gedemütigt, weil mir niemand vorher etwas gesagt hatte. Ich bin völlig unbedarft ins offene Messer gelaufen. Dass ich nicht vorgeschlagen wurde war schlimm, aber das war nicht

das Schlimmste, wer kandidiert, muss auch damit rechnen, dass man verlieren kann. Nein, das Schlimmste war, dass mir niemand vorher sagte, dass es noch einen anderen Kandidaten gibt. Und das nehme ich den Beteiligten, obwohl es Jahre her ist, bis heute übel. So etwas macht man einfach nicht!
2. Niederlage:
Hanne Landgraf, die große Ikone der SPD, erste Frau im baden-württembergischen Landtag und vieles mehr, hörte mit der Politik auf, mit der ausdrücklichen Bitte, dass ich ihre Nachfolgerin werde. Alle haben das gewusst und es war eigentlich alles klar.
Bei der entscheidenden Nominierungsveranstaltung trat plötzlich ein Mann gegen mich an und gewann. Später hörte ich dann (es war nicht beabsichtigt, dass ich das höre) den Satz: „Die braucht gar nicht zu meinen, dass sie alles werden kann.“ Das haben Frauen gesagt.
War es Neid, war es Eifersucht? Ich weiß es nicht. Jedenfalls war es fies, weil es kein einziges sachliches Argument gab.

Das alles hat mich tief getroffen, hat aber die Haltung in mir ausgelöst: Jetzt erst recht! Wenn die meinen, sie können mich wegmobben, dann haben sie sich getäuscht. Später bin ich Bundestagsabgeordnete und schließlich Regierungspräsidentin geworden. Womit der Spruch meiner Oma, ´Man kann nie wissen, wozu etwas gut ist´, sich voll und ganz bewahrheitet hat.
Ich war also zweimal gescheitert und richtete mich darauf ein, weiterhin Kommunalpolitik zu machen, was ich dann auch sehr interessant fand. Beispielsweise gab es einen Arbeitskreis in der SPD: Die Fraktionsvorsitzenden der gro-

ßen Städte trafen sich und tauschten sich aus und so habe ich viele Städte, z.B. im Ruhrgebiet, und ihre Probleme kennengelernt.
Die Jahre gingen dahin, ich wurde wieder in den Stadtrat gewählt und alles war im Lot. Da wurde ich unerwartet gefragt, ob ich die Bundestagskandidatur im Wahlkreis ´Karlsruhe-Land´ übernehme. Der damalige Abgeordnete war dem Stress und Druck des Mandats nicht mehr gewachsen und hatte sich das Leben genommen. Also war die Not groß. Es war ganz ausgeschlossen, dass die SPD zur nächsten Bundestagswahl deshalb dort nicht antreten würde.
Ich habe die Herausforderung angenommen, obwohl ich wusste, dass ohne eine Absicherung auf der Landesliste nichts zu gewinnen war. Ich galt in der stark von Erhard Eppler geprägten baden-württembergischen SPD als zu konservativ, was natürlich Blödsinn war, wie ich noch heute finde. Wäre ich wirklich konservativ gewesen, wäre ich nicht in die SPD gegangen. Aber eine von den jungen Wilden war ich halt auch nicht.
Die Sache war jedenfalls aussichtslos, trotzdem haben wir einen Wahlkampf gemacht, als ob der Sieg auf der Straße liegen würde. Es war ein tolles bereicherndes Erlebnis, obwohl alle wussten, dass es ein Opfergang war. Aber wenn ich etwas mache, dann ganz oder gar nicht.
Diesen Opfergang hatte offensichtlich die SPD in Stuttgart so beeindruckt, dass sie mir bei der folgenden Bundestagswahl nach vier Jahren von sich aus einen sicheren Listenplatz für ´Karlsruhe Stadt´anboten. Und so bin ich dann im zweiten Anlauf mit inzwischen bereits 46 Jahren Mitglied des Deutschen Bundestages geworden.

Dies schrieb ...

Ich möchte noch erzählen, wie es bei meinen Gedichten und Reden zu dem Schlusssatz kam, der auch mein Buch betitelt: Dies schrieb im stillen Kämmerle für Euch Gerlinde Hämmerle
In den frühen 70er Jahren des letzten Jahrhunderts war ich neu in den Gemeinderat unserer Stadt gewählt worden. Und so saß ich denn eines Tages in der ersten Beratung des Haushaltes der Stadt Karlsruhe. Dafür waren zwei Tage angesetzt. Es war fürchterlich langweilig und trocken, es gab Streitereien zwischen den Fraktionen - um nichts! Ich erinnere mich noch heute an die endlose Debatte um den Zuschuss für eine Institution, der dann doch abgelehnt wurde. Er sollte 1000 DM umfassen, also wahrhaftig ein „Nasenwasser" für den Haushalt! Und so ging es Stunde um Stunde weiter.
Am zweiten Tag begann ich aus purer Langeweile die Ereignisse in ironischer Form in Verse zu fassen. So vermochte ich den Haushaltsdebatten doch noch etwas abzugewinnen. Am Abend danach hatten die Stadträtinnen und Stadträte eine Einladung ins `Haus Solms`, dem Gästehaus der Stadt Karlsruhe. Es gab Reden, ein bescheidenes Angebot an Speisen und Getränken und ein bisschen Programm. Da fasste ich mir ein Herz und habe das Gedicht vorgetragen. Zu meiner Freude waren die Zuhörer sämtlicher Fraktionen begeistert, und als ich dem damaligen Oberbürgermeister Otto Dullenkopf das Werk überreichte, sagte er, er nähme es nur mit Widmung. In einer spontanen blitzartigen Eingebung, über die ich heute noch staune, schrieb ich:

Dies schrieb im stillen Kämmerle für Dich
Gerlinde Hämmerle
Mein Erkennungszeichen, mein Markenzeichen, heute würde man sagen, mein Logo war geboren. Während meiner Zeit als Stadträtin wurde es von der Tageszeitung immer wieder aufgegriffen und es wurde dann spekuliert, ob die Hämmerle wohl wieder im Kämmerle sitzt und dichtet.
Überall kamen die Verse zum Einsatz, sei es in Bonn und Berlin im Bundestag oder später im Regierungspräsidium Karlsruhe und es hat bis zum heutigen Tag Bestand, beispielsweise in Reden oder im Journal der Fächer Residenz, in der ich wohne.

Soweit die Geschichte meines Logos und die Geschichte eines wunderbaren Zufalls sowie einer lebenslangen Fortsetzung.

Interview im Rathaus

Bis 1987, also 16 Jahre war ich als Mitglied im Gemeinderat tätig.
Ein Filmteam hat mich für eine persönliche Dokumentation dieser Zeit in den Bürgersaal Karlsruhe geführt, in dem ich Stunden meines Lebens verbracht habe. Ich konnte dem Team anmerken, dass es für sie etwas Besonderes war, in ein Rathaus und dann noch in den großen Bürgersaal zu kommen. Ich war da schon immer etwas unbefangener. Das liegt vielleicht daran, dass mein Großvater Hämmerle Bürgermeister in Wolfach war und Wolfach, für so eine kleine Stadt, ein gewaltiges und imposantes Rathaus hat. Aber ich muss zugeben, dass zu meiner ersten Stadtratssitzung und zur Vereidigung auch ich mit ein bisschen Gänsehaut hingegangen bin. Aber wenn man dann jahraus jahrein, oftmals jede Woche mehrmals, wegen den ganzen Ausschusssitzungen, dort war, hat es seinen Neuigkeitswert verloren.
Wenn Sie mögen, können Sie mich nun in den Karlsruher Bürgersaal im Rathaus begleiten.
Über den unten stehenden Link oder QR Code gelangen Sie zu der Aufnahme, die das Filmteam über mich im Rathaus eingefangen hat. Das können Sie sich gerne ansehen und etwas mehr über meine Arbeit dort, auch darüber hinaus und von mir persönlich erfahren.

https://youtu.be/xMJNdCqKu3M

1987- 1994

---

7 Jahre
Abgeordnete im Deutschen Bundestag

Der Anfang in Bonn war fürchterlich

1986 bis 1994, zwei Wahlperioden, keine allzu lange Zeit und doch unendlich viel erlebt und auch erlitten.
Auch wenn mir das politische Geschäft nicht fremd war, dennoch war es, wie sich bald herausstellen sollte, etwas völlig anderes. Niemand kümmerte sich um uns Neue, niemand fragte nach, wie es uns geht, wie man zurecht kommt, ob man eine Wohnung hat oder Ähnliches. Wir waren wirklich alleine gelassen. Man bekam zwar jede Menge Merkblätter, hatte auch ein Büro und Mitarbeiter, aber wohin man wirklich gehörte, wusste keiner so recht.
An den Abenden dann war man völlig für sich, denn niemand verriet einem, wo man jemanden treffen könnte. Ganz schön einsam war ich.
Erich Kästner fällt mir dazu ein, der muss das auch gekannt haben, wie sonst würde ihm so etwas einfallen:
Man kann mitunter scheußlich einsam sein!
Da hilft es nichts, den Kragen hochzuschlagen
und vor Geschäften zu sich selbst zu sagen:
Der Hut da drin ist hübsch, nur etwas klein.
(Erich Kästner aus: Apropos, Einsamkeit!)

Man betätigte sich irgendwann gegenseitig mit dem Satz: Der schönste Platz in Bonn ist der Bahnsteig 3 nach Süden. Ich war tatsächlich in der ersten Zeit immer der glücklichste Mensch, wenn die Woche um war und ich im Zug nach Karlsruhe saß.

Abgeordnete sind Vertreter des ganzen Volkes und nur ihrem Gewissen unterworfen

Zu Beginn wartete ich ungeduldig auf den Tag, an dem wir vereidigt werden sollten, denn ich freute mich darauf, erneut den Eid auf das Grundgesetz abgeben zu dürfen, hatte ich doch schon im Stadtrat und als junge Lehrerin diesen feierlichen Moment genossen.
Als sich nichts tat, also einfach keine erneute Vereidigung in Sicht war, fragte ich einmal nach dem Termin und erntete einen Lacher sowie die Frage, ob ich nicht wüsste, dass es über mir als Volksvertreter niemanden mehr gäbe und ich deshalb keinen Eid ablegen müsste. Das fand ich schwach, ich hätte gern meine Wahl in den Deutschen Bundestag durch Eid auf die Verfassung noch aufgewertet.

Mitglied des Fraktionsvorstandes und Parlamentarische Geschäftsführerin

Eines Tages fragte der Parlamentarische Geschäftsführer, wie ich mich fühle und eingelebt habe. Ich antwortete daraufhin wütend und verzweifelt: „Wenn ich schon 6 Wochen beerdigt wäre, hätte das kein Mensch gemerkt."
Das schreckte die Führungsspitze auf. Der Vorsitzende, der ehemalige OB von München, Hans Jochen Vogel wurde so auf mich aufmerksam, ließ mich kommen und betraute mich mit allerhand Aufgaben. Er meinte wörtlich: „ Ich benötige gestandene, praktisch denkende Menschen mit Erfahrung aus der Kommunalpolitik, die die Füße auf dem Boden haben! Junge Ideologen mit Kopf in den Wolken habe ich genug."
Und so wurde ich in kurzer Zeit Mitglied des engeren Fraktionsvorstandes und auch Parlamentarische Geschäftsführerin.

Die Aufgaben wuchsen von Tag zu Tag, was mir außerordentlich recht war, denn ohne Arbeit - möglichst viel davon - kann ich nicht existieren. Das habe ich besonders in der Zeit gespürt, als eine schwere Krankheit mich über ein Jahr lahmlegte. Ich bekam Depressionen und musste mir professionelle Hilfe holen.
Parlamentarische Geschäftsführer sind eigentlich Zwitterwesen. Einerseits haben sie ihren Wahlkreis, ihr Mandat, und sind in ihrer Funktion Vertreter des ganzen Volkes, andererseits werden sie von den Mitgliedern ihrer Fraktion zu bestimmten Aufgaben gewählt, sind also quasi Angestellte der Fraktion.
Sie müssen Dienst in der Plenarsitzung tun, Rednerlisten erstellen, die Redner dem Präsidium melden, dafür sorgen, dass die Redner auch da sind, Namentliche Abstimmungen und Hammelsprung organisieren, Stimmen auszählen, für Ordnung in den Sitzungen sorgen, dann tröstende Mama oder strenger Papa für ihre Kollegen sein, die Ausschüsse besetzen und die Beschlüsse der Fraktion nach außen zu den Medien vertreten.
Das ist sind sehr ehrenvolle Aufgaben, zu der man nicht jeden gebrauchen kann. Ich hatte die Freude und Last, viele Jahre das Vertrauen der Fraktion zu haben.

Eins mit meinem Land

Das Alte Wasserwerk am Rhein war der provisorische Sitzungsort des Deutschen Bundestages von 1986 bis 1992. Jedes Mal, wenn ich ins Wasserwerk ging und die Fahnen im Wind flattern sah, wartete ich auf ein erhabenes Gefühl. Es

sollte gemischt sein aus ein bisschen Stolz auf mich und auf mein Vaterland. Aber es wollte sich kein Stolz einstellen.
An einem Abend, ich saß allein vor dem Wasserwerk am Rhein, kam es überraschend doch, das langersehnte, erhoffte Gefühl: Ich verspürte in mir das große Pflichtbewusstsein und ich wusste, ich würde diesem Staat dienen, mein Allerbestes geben und sein Bestes anstreben. Ich war plötzlich eins mit meinem Land!
So ein ganz wertfreies, gutes Vaterlandsgefühl muss man haben dürfen. Ich wusste, ich darf mein Land lieben, ohne von irgendjemand des Nationalismus oder Rassismus gescholten zu werden.

Wohnen in Bonn

In meiner ersten Wahlperiode wohnte ich nur unter der Woche in Bonn. Die Pension, in der Abgeordnete untergebracht waren, war in Ordnung. Umständlich war aber, dass man freitags immer alles wieder einpacken musste, weil man nie das gleiche Zimmer in der nächsten Woche bekam.
Als ich Geschäftsführerin wurde, bestand die Notwendigkeit in der Nähe der Fraktionsräume und des Wasserwerks zu sein. So kam es, dass ich im Regierungsviertel, ganz in der Nähe des Wasserwerks, in ein hübsches Gebäude einzog, in denen es Appartements für Abgeordnete gab. Dort erhielt ich eine Wohnung. Diese Wohnungen sahen alle gleich aus: ein großes Zimmer, eine nette quadratische Diele, Bad und eine richtige kleine Kochnische. Das Schöne war, dass ich jetzt ein bisschen ein Zuhause hatte. Ich konnte eine Grundausstattung dalassen und musste nicht alles hin- und hertransportieren.

Die Häuser waren kunterbunt durcheinander belegt. Es waren also keine Partei- oder Fraktionsghettos. So wohnte ich ziemlich nahe bei Heiner Geißler, damals stellvertretender Vorsitzender der CDU/CSU Bundestagsfraktion. Es ergab sich deshalb, dass wir, weil wir beide absolut korrekte Pflichterfüller waren, oft morgens in der Herrgottsfrühe miteinander zu unseren Terminen gingen. Da kamen wir ins Gespräch. Geißler nannte mich die rote Freundin von der anderen Seite des Rheins und wir flachsten herum, wer vor wem Angst haben müsste, wenn unsere Wahlkreise die gleichen wären.
Diese kurzen gemeinsamen Wege waren immer sehr ersprießlich und so kam es, dass Heiner Geißler, als es bekannt wurde, dass ich Bonn verlasse, mir eines seiner Bücher schenkte, in dem er mit seiner winzigen Handschrift etwas hineinschrieb: „ Nicht nur die SPD-Fraktion, sondern der gesamte Deutsche Bundestag wird bald merken, was er durch Ihren Weggang verloren hat.“
Das freute mich damals und freut mich noch heute. Von so einem gescheiten Mann, auch wenn er von einer anderen Partei war, ein solches Lob zu bekommen, hat mich stolz gemacht.

Bedeutende Themen meiner Zeit

Die wichtigsten und oft brisanten Themen meiner Zeit waren diese:
Die sogenannten **Kontingentflüchtlinge**: Juden aus der Sowjetunion und deren Nachfolgestaaten sowie Menschen mit jüdischen Vorfahren hatten nun die Möglichkeit nach Deutschland zu kommen. Jeder Schengen-Staat verpflichtete sich ein gewisses Kontingent im vereinfachten Verfahren aufzunehmen.
Die **Zuwanderung**, ein nie enden wollendes Thema, damals speziell die der 2 Millionen Russlanddeutschen, den sogenannten **Spätaussiedlern,** die über einen speziellen rechtlichen Status zuwandern konnten.
Die Bundesrepublik war nicht stark daran interessiert, alle diese Menschen aufzunehmen. Im Gegenteil, es wurden erhebliche Gelder ausgewiesen für Projekte u.a. in Russland an der Wolga, in Sibirien, auch in Kasachstan. Zum Zweck der Überprüfung, was mit den großen Summen aus dem Bundeshaushalt geschieht, wurde eine interfraktionelle Arbeitsgruppe gebildet, deren SPD Obfrau ich war.
Wir reisten jedes Jahr in der Sommerpause im Auftrag von Frau Präsidentin Rita Süssmuth nach Russland, um die Projekte zu überprüfen. So kam ich fünfmal in meinem Leben nach Sibirien, viermal im Sommer (Juni/Juli - ein Traum) und einmal im Winter (-30 Grad - nicht mehr schön). Eine ganz einprägsame Erfahrung!

Aber die schönsten Projekte nützten nichts, denn alle wollten trotzdem nach Deutschland, mit den bekannten Folgen für Integration, Sprache, politische Ausrichtung usw.
Dann war da die endgültige **Regelung des §218** (Schwangerschaftsabbruch). Rita Süssmuths Einsatz dafür war bemerkenswert. Sie rief alle Frauen aus allen Fraktionen zusammen, die einen gemeinsamen Gesetzesentwurf ins Parlament einbrachten. Man bedenke, wie viel Ruhe bei diesem Thema eingekehrt ist, im Vergleich zur USA.
Noch nicht so dringlich sah man die aufkommenden **Umweltthemen**. Die wenigen Debatten, an die ich mich erinnere, gingen um das Verbot von bleihaltigem Benzin oder Phosphat in Waschmitteln. Erst 1994 wurde Umweltschutz zum Staatsziel.
Und natürlich, alles überlagernd, gab es die **Wiedervereinigung** mit dem sehr emotional beladenen Bonn/Berlin Beschluss, der unter anderem den Umzug des Parlaments und Teilen der Regierung und Bundesbehörden von Bonn nach Berlin regelte.
Die Wende, nicht nur die Deutsche Wiedervereinigung veränderte die Welt. Große Persönlichkeiten, wie Gorbatschow brachten ein neues Denken mit all seinen positiven und negativen Folgen über die Welt.
Die politischen Beschlüsse kann man in jedem Geschichtsbuch nachlesen, auch sind die Protokolle in allen Parlamenten frei einsehbar. Ich möchte mich im Folgenden mit den für mich relevanten und nur von mir und durch mich erlebten Dingen beschäftigen.

Eine Reise der besonderen Art

Eines Tages, kurz nach der Wende, erhielt ich einen Anruf von der Vorzimmerchefin des Bundeskanzlers, der allmächtigen und wohlbekannten Juliane Weber. Ob ich den Herrn Bundeskanzler auf seiner großen Asienreise begleiten möchte und könnte, war ihre Frage. Ich war mehr als sprachlos und stotterte herum, ob sie sich nicht irre, ich sei doch von der anderen Partei. Ja gerade deswegen, war die Antwort, die Herren Bundeskanzler nähmen immer zwei namhafte Kollegen von der Opposition mit auf die große Reise. Das wusste ich nicht, obwohl ich viele Jahre schon in Bonn war.
Es sollte nach Indien, Singapur, Indonesien, Japan und Korea gehen. Der erste Gedanke, der durch meinen Kopf schwirrte war der, den wohl jede Frau hat: Was ziehe ich dort an? Aber alles nachdenken war unnötig. Am nächsten Tag kam ein umfangreiches Dossier mit allen Einzelheiten des Protokolls, das für eine solche Reise galt. Alles, aber auch alles war geregelt, auch die Kleidung.
Als es soweit war, standen zwei Flugzeuge der Bundeswehrflotte am Flughafen Köln Bonn bereit. Wir Abgeordnete reisten mit dem Bundeskanzler in der Kanzlermaschine `Deutschland 1`. Als wir einstiegen, hing schon die legendäre Strickjacke über seinem Sitz, mit der Kohl im Kaukasus mit Gorbatschow über die Wiedervereinigung verhandelt hatte. Man machte es sich bequem, denn es folgte ein Nonstop Flug nach Delhi.

Der erste Satz, den ich vom Kanzler im Flugzeug zu hören bekam, war: „So ihr Soze, was hier drin geredet wird, bleibt hier drin!“
Und so begann eine zweiwöchige Reise, die neben der Politik auch voller unglaublicher Eindrücke war, die selbst nach so vielen Jahren noch präsent sind.
Indien war die erste Station. Schon auf dem Flughafen brachte der Kanzler alles durcheinander, in dem er sich weigerte, in die für ihn auf dem Flugfeld bereitgestellte Limousine einzusteigen. Seine Erklärung: „Ich fahre im Bus mit meiner Delegation. In dieser Staatskarosse ist es mir zu langweilig und ich sehe ja auch gar nichts.“
Wir Abgeordnete hatte ein anderes Programm als der Kanzler, wir trafen uns mit den Kollegen aus den Parlamenten der jeweiligen Länder. Jeden Abend wollte Helmut Kohl wissen, was seine Delegation tagsüber erlebt hat und so versammelte er uns, wenn sein Programm zu Ende war, im Hotel zu einem Gespräch, welches mit einem italienischen Buffet angereichert war - italienisch, weil er der Meinung war, von diesem asiatischen Essen würde man nicht satt.
Es war natürlich keine Urlaubsreise, trotzdem streiften wir am Abend durch die Prachtstraßen und Basare. In Indien hatten wir das Glück, dass ein Abgeordneter, in dessen Wahlkreis das Tadsch Mahal lag, alles daran setzte, uns dieses Weltwunder der Architektur zu zeigen. Sonst hätten wir es nicht gesehen, denn solche Touristenattraktionen stehen bei Staatsbesuchen nicht auf dem Programm. Die Bevölkerung daheim soll ja nicht denken, die Politiker machen auf Kosten der Steuerzahler Besichtigungsreisen.

So reisten wir also mit dem Abgeordneten durch Indien und sollten das unvergleichliche Tadsch Mahal erleben. Als wir am frühen Morgen dort ankamen, die Bauersfrauen im Angesicht dieses Wunders ihre Abfälle auskippten, ihre Kinder nach ihnen riefen und die Hühner versorgten, dachte ich: Was wäre, wenn ich nicht als Gerlinde Hämmerle in Wolfach im Schwarzwald geboren worden wäre, sondern als die 6. Tochter eines indischen Unberührbaren?
Sind solche Gedanken richtig, sind sie weiterführend, sind sie überhaupt zulässig? Ich weiß es nicht, aber zu einem haben sie mich geführt, zu einer unendlichen Dankbarkeit für mein Schicksal.

Jenseits der großen politischen Gespräche lernt man ja so manches über ein Land. Bei einem großen Essen, es war eine riesige Tafel von über hundert Personen, lag vor jedem Gedeck eine holzgeschnitzte Blume. Ich konnte mir keinen Reim darauf machen, denn so richtig zum Tischschmuck passte sie nicht. Was war des Rätsels Lösung?
Als das Essen begann, stellten sehr viele die Blume vor ihrem Gedeck auf, sodass sie nicht mehr lag, sondern weithin sichtbar aufrecht stand. Es war das Zeichen für die Servierkräfte, dass der entsprechende Gast Vegetarier war. Die Fleischgerichte gingen so an ihnen vorbei. Eine ebenso wichtige wie sinnvolle Maßnahme, da in Indien weit über die Hälfte der Bevölkerung aus religiösen Gründen Vegetarier sind.

Und Folgendes habe ich auch erlebt: In Indien sollte ein Ort besucht werden, der für seine aus den Felsen gehauenen Elefanten berühmt ist, ich bin sicher, es ist Weltkulturerbe, aber an den Namen kann ich mich nicht erinnern. Der Bundeskanzler wollte bei diesem Ausflug seine Delegation, aber keine Presse dabei haben. Als dies bekannt wurde, nahm der Vertreter eines sehr namhaften Presseorgans Kontakt zu mir auf und wollte unbedingt erreichen, dass ich mit seiner Kamera Bilder privater Art von Helmut Kohl schieße. Das habe ich natürlich nicht getan. Es hieße zum einen das Vertrauen eines Menschen zu missbrauchen, deren Gast ich auf dieser Reise war und zum anderen gehört es sich ganz grundsätzlich nicht. Ich bin doch keine Paparazzi!

Singapur, die sauberste Metropole der Welt.
In unserem Hotel hing im Aufzug der Hinweis, dass das Wegwerfen einer Zigarettenkippe 465 US Dollar kostet. Das war der erste Eindruck. er zweite war der gläserne Aufzug, der an der Außenwand des Hotels hochkroch und unten in einen Teich mit Wasserspielen hineinfuhr. Das dritte Bild, beim offiziellen Programm mit europäischem Diner, war sehr verwirrend. Es gab offensichtlich einen Staatspräsidenten in doppelter Ausfertigung. Es traten uns zwei völlig gleich aussehende Herren gegenüber, aber wahrscheinlich nur für unsere europäischen Augen. Tatsächlich waren sie Brüder, die diesen Staat gemeinsam repräsentierten.
Es gab eine Rundfahrt auf dem Wasser, die nur durch gepflegte Parks, wunderbare Gärten und durch von mir noch nie gesehene Villenviertel und gigantische Hochhäuser führte. Wir saßen hinten auf einer großen Yacht und bestaunten diese künstliche Welt.
Frauen sind mir keine in Erinnerung!

Weiter ging es. Das Flugzeug landete in Indonesien. Auf dem Flugfeld von Jakarta stand eine Delegation, die jedem von uns eine dicke Blumenkette aus echtem Jasmin um den Hals legte. Niemals wieder habe ich solch einen Duft gerochen. Er war so stark, so süß, so betäubend, dass ich ihn im Hotel auf den Gang vor das Zimmer legte. Am anderen Morgen sah ich vor jedem der Zimmer unserer Delegation die Blütenkränze liegen.
Der damalige Staatspräsident Suharto hatte eine große Leidenschaft für Rinder, er züchtete schwarze Bullen. Riesige, beängstigend schnaubende Tiere zeigte er uns stolz, die aber zutraulich und neugierig herankamen.
Ich erinnere mich an Frauen mit fantastischen Roben und noch großartigeren Haaren. Vom Schicksal bin ich mit manch Gutem bedacht worden, aber Haare gehören nicht dazu. Sie sind dünn und wenig und heute schneeweiß. Also wenn ich einen Menschen überhaupt um etwas beneide, dann um Haare. Und bei diesen Haaren packte er mich, der Neid. Wir fingen an über Frisuren zu plaudern und eine dieser wunderschönen Frauen erzählte mir, wie viel Kunsthaare, Haarkissen und falsche Locken, heute sagt man Extensions, zu diesen Frisuren gehören und wie viele Stunden es dauert, bis die Frisur hergestellt ist. Da war mein Weltbild wieder in Ordnung.

In Japan, einem damals merkwürdig rückständigem Land was die Emanzipation der Frauen anbelangte, ereignete sich folgender Zwischenfall: Bei einem großen Gespräch in Tokio mit der dortigen Industrie- und Handelskammer, wollte man mich als Frau nicht in den Saal hineinlassen. Bundeskanzler

Kohl bemerkte die Diskussionen und das entstehende Durcheinander und griff ein. Er machte deutlich, dass ich ein Mitglied des Deutschen Parlamentes als auch seiner Delegation sei und dass die Veranstaltung nur mit mir oder gar nicht stattfinden würde. Untertänigst wurde ich hineingelassen und fand meinen Platz als einzige Frau unter all den zahlreichen würdigen Herren.

Meine kuriose Erinnerung an Korea: Es reiste in unserer Delegation ein sehr junger FDP Kollege aus Halle in Ostdeutschland mit. In der Euphorie der Wiedervereinigung hatte er das Direktmandat in den Bundestag errungen. Als seine Herkunft sich herumsprach, wurde er ganz plötzlich die absolute Hauptperson, selbst der Bundeskanzler wurde unwichtig und verblasste gegen ihn. Ob die koreanische Presse, Regierungsmitglieder oder Abgeordnete, alle wollten von ihm wissen, wie man so etwas macht, so eine Wiedervereinigung. Er war ja der Experte. Bald völlig entnervt sprang ihm der Bundeskanzler zur Seite und er war erleichtert.
Wir wurden natürlich auch zum Checkpoint geführt, ein hölzerner Turm in schön asiatischer Bauweise mit Schnitzereien und Goldverzierungen. Es war schon seltsam ihn zu besteigen und hinüber in das streng kommunistische Nordkorea zu schauen.

Nach dieser eindrücklichen Asienreise bekam ich ein wunderschönes großes dunkelblaues Photoalbum mit einer Gravur des Bundesadlers, das mir heute als Erinnerung und Andenken geblieben ist.

Feier zur Wiedervereinigung

Wir, die Abgeordneten des Deutschen Bundestages und die anwesenden Vertreter der Demokratie aus den alten und neuen Bundesländern, den Bundes- und Landesregierungen kamen am Abend des 2. Oktobers im Schauspielhaus am Gendarmenmarkt zusammen, heute heißt es Konzerthaus Berlin. Der große Kurt Masur dirigierte die 9. Symphonie von Beethoven.

Als die gewaltigen Klänge und der rauschende Applaus verhallten, wurde die Bühne geräumt. Sie war plötzlich ganz leer - auch Dekoration gab es nicht.

Es wurde still und Bundespräsident Richard von Weizsäcker betrat die Bühne. Alle standen ruhig und möglichst ohne ein Geräusch auf. Keine Musik, nur Stille!

Nun betrat Lothar de Maizière, als Repräsentant der DDR, ebenfalls die Bühne. Die beiden Männer gaben sich die Hand und de Maizière sagte:„Die Deutsche Demokratische Republik ist der Bundesrepublik Deutschland beigetreten.“ Sie wechselten den Staatsvertrag und unendlicher Beifall brannte hoch.

Das ist der Moment, der bei mir heute noch, nach so vielen Jahren, Gänsehaut entstehen lässt.

Danach ging es mit Bussen zum Reichstag, wo eine nicht enden wollende Jubelfeier begann, mit dem größten Feuerwerk, das ich jemals gesehen habe und einem tränenüberströmten Bundeskanzler Kohl.

Die Wasserwerker

Zeitgleich zur Wiedervereinigung wurde der neue große Plenarsaal in Bonn fertig, von dem man schon ahnen konnte, dass er nicht mehr gebraucht würde, falls die Hauptstadt nach Berlin verlegt werden würde, was ja dann bekanntlich auch so kam.
Dennoch, so sang- und klanglos wollte man den neuen Plenarsaal auch nicht in Betrieb nehmen. Andererseits durfte es auch kein Geld kosten, ein teurer Künstler oder eine Gruppe kam deshalb nicht in Frage. Zu diesem Anlass beschlossen mein Kollege Manfred Richter von der FDP und ich ein Bundestagskabarett zu gründen.
Obwohl ich wusste, dass der Kollege Richter außerhalb des Bundestages in seiner Heimat Bremerhaven schon ein erfolgreiches Kabarett betrieb, war es ein Wagnis. Aber wer nicht wagt, der nicht gewinnt.
Schließlich waren wir neun Personen aus allen Fraktionen und bald verfügte der Bundestag über ein eigenes Kabarett - als einzige Volksvertretung der Welt! Wir nannten uns nach unserer alten Tagungsstätte „Die Wasserwerker“, hatten tolle Erfolge und spielten vor großen und kritischen Zuschauern in der ganzen Republik.
Wie alles zustande kam, wie unsere Programme waren und dass die Bundestagspräsidentin Rita Süßmuth Vorsitzende von unserem Fanclub war, wo wir überall aufgetreten sind und wie lange, darüber gibt es ein eigenes Buch mit dem Titel:

Die 6. Fraktion
Sieben Jahre Bundestagskabarett
„Die Wasserwerker“

Der erste Programmtitel:
Ich hatte Plenardienst und war deshalb im Bundestag, also im „Wasserwerk“, zur Fragestunde. Hier galt es Staatssekretäre und Staatssekretärinnen anzuhören, von deren Existenz man bisher nichts wusste und das meist nur, weil Abgeordnete irgendetwas aus deren Wahlkreis anfragen, damit die örtliche Presse gefüttert wird. Ich weiß nicht, die wievielte Stunde meines Lebens ich Auge in Auge mit dem Bundesadler saß, aber in dieser Stunde dachte ich darüber nach, dass gerade außerhalb des Plenums in einigen Ausschüssen ohne mich heiß diskutiert wurde: Sollte bei einem Umzug in den Reichstag nach Berlin der dortige Adler oder aber der Adler des Bonner Wasserwerks angebracht werden? Und urplötzlich war der noch fehlende Programmtitel der „Wasserwerker“ in meinem Kopf geboren:
„Neue Adler braucht das Land“
Nachdem im Bundestag mehrere Reformgesetze unter der Bundestagspräsidentin Rita Süßmuth beschlossen waren, hieß ein anderes Programm:
„Aus Ritas Reformhaus“
Kabarett lebt von der Aktualität, deshalb war es eine ständige Aufgabe alles zu beobachten und zu reagieren. Jeder von uns schrieb Texte, die dann zur Aufführung kamen oder verworfen wurden.

Wir Bundestagskabarettisten hatten schon einige spektakuläre Auftritte hinter uns, aber nur in seltenen Fällen im Wasserwerk selbst. Eigentlich war das Auftreten dort nicht erwünscht, besonders nicht von Wolfgang Schäuble, dem Vorsitzenden der CDU/CSU-Fraktion. Er wollte nicht, dass vor dem Bundesadler, aus Gründen des Respekts, Kabarett stattfindet. Erst mein Hinweis, er möge doch einmal bedenken, dass vor dem Bundesadler schon viel größerer Unsinn ausgebreitet worden war, hat ihn dann zu der Zusage bewogen, dass wir auch im Wasserwerk auftreten konnten. Sogar den CDU/CSU-Fraktionsraum hat er uns als Auftrittsort angeboten, der sehr gut geeignet war, hatte er doch eine Rampe für Schäubles Rollstuhl. Und da das ZDF sich sehr schnell zu unserem Fanclub entwickelte, spendierten sie immer den professionellen Aufbau und die Beleuchtung, sodass wir nicht ganz so amateurhaft wirkten.

Manchmal erlebt man eigenartige Situationen:
Auf RTL lief jahrelang die Mitternachtsshow mit Thomas Gottschalk und dem `Roten Sofa`. Wir waren eingeladen und das war toll für uns, denn diese Sendung hatte hohe Einschaltquoten. Produziert wurde bei München.
Wir fuhren also am Nachmittag nach Geiselgasteig in die Bavaria Filmstadt, einer Geisterstadt. Es dauerte eine Weile, bis wir endlich das Studio gefunden hatten. Keine Menschenseele war weit und breit, aber irgendwann erschien doch eine Hilfskraft, die uns einwies.
Das Bühnenbild kannte man aus dem Fernseher und war immer das Gleiche: griechische Säulen, zwischen denen eine Tür aufsprang, durch die Gottschalk dann die Szene betrat.

Unser erstes Staunen galt diesen Säulen, die im Fernseher bombastisch aussahen. Sie waren aber aus billigstem Pappmaché. Das Publikum bestand aus französischen Schülern, die kein Wort verstanden. Und ebenfalls für das Fernsehpublikum unsichtbar standen mehrere Personen, die zum Klatschen animierten, wenn eine Pointe kam.
Dann kam der Auftritt von Gottschalk. Er wusste nicht, wer wir waren, aber sein Text stand, für die Zuschauer auch natürlich nicht zu sehen, auf einer großen Wand. Es wurde ein kurzes belangloses Gespräch auf dem `Roten Sofa` geführt und das war es! Wir wurden ohne Abschied, ohne auch nur ein Glas Wasser, wieder weggeschickt.
Nachts in der Sendung wirkte alles perfekt.
Heute weiß ich, dass beim Fernsehen so gearbeitet wird, aber damals war es ein großer Schock für mich.

Nun aber zu einer schlimmen Situation:
Ich hatte ein großes Solo, das um die heikle Arbeit im Vermittlungsausschuss ging. Die Melodie dazu stammte von Kurt Weill aus der Dreigroschenoper von Bertolt Brecht. Sie ist bekannt unter dem Titel: „Ja da kann man sich doch nur noch hinlegen“.
Es begann wunderbar, Auftritts- und Szenenapplaus inbegriffen. Der Pianist und ich waren ganz allein auf der Bühne, die erste Strophe war mit Bravour dargeboten und die zweite sollte folgen. Aber oh Graus, obwohl der Pianist wie besessen, überbrücken wollend spielte, die Stichworte aus den Kulissen zugerufen wurden und ich den Zettel mit dem Text sogar in der Hand hatte, wusste ich gar nichts mehr. Ich hatte von nichts mehr eine Ahnung, ich wusste nicht mehr, was ich

auf dieser Bühne eigentlich mache. Es war der klassische Blackout.
Nach mehreren Schrecksekunden, die wohl nur mir wie eine Ewigkeit vorkamen, ging ich hin zum Pianisten und beschloss, dass wir jetzt noch einmal von vorne anfangen. Schon meine Ankündigung löste Beifallsstürme aus und als ich fertig war, es lief dann auch alles wie am Schnürchen, wollte der Beifall kein Ende nehmen.
Die zahlreichen Glückwünsche am anderen Tag bezogen sich auch auf die Kaltschnäuzigkeit, wie man sich ausdrückte, mit der ich diese Situation bewältigt hatte.
Seither ahne ich, wie muss das sein, wenn ein großer Schauspieler den Text nicht mehr weiß und in seinem Kopf eine Leere ist. Das war eine beängstigende Erfahrung.

Fazit:
Ich habe meine Arbeit, zu der das Volk in meinem Wahlkreis mich gewählt hatte, gern gemacht, geliebt wäre übertrieben. Geliebt habe ich das Kabarett und mein ganzes Bedauern bei meinem Ausscheiden aus Bonn galt dem Kabarett, den „Wasserwerkern".
Leider hat es sich nach dem Umzug nach Berlin bald aufgelöst, die Leitfiguren Richter und Hämmerle waren nicht mehr da. Schade eigentlich, denn auch heute könnte man Schriftstücke und Gesetzesvorlagen aus dem Bundestag unverändert auf die Kabarettbühne bringen und hätte damit großen Erfolg.

Tatsächlich existieren noch alte Aufnahmen von unseren Auftritten. Sie sind von 1992 bis 1994. Wenn Sie mögen, können

Sie hier einen Eindruck von den „Wasserwerkern“ bekommen und mich noch von einer anderen Seite kennenlernen. Den Texten mangelt es nicht an Aktualität.
Viel Spaß beim Zusehen!

QR Code und Link zum Film:

https://youtu.be/xdg8DkLG3FU

Mein schönes schwarz-weißes Seidentuch

Ich liebe Tücher, ob quadratisch oder rechteckig, Hauptsache groß, schön gemustert oder einfarbig, in den Farben, die meiner Farbpalette entsprechen.
Einmal hatte ich ein wunderbares dunkelgrünes Tuch von Gucci, mit dem typischen Muster, lauter herrliche einzelne Blütenstängel, entweder eine Narzisse oder eine Tulpe und noch andere Frühlingsblumen. Ich hatte es in Rom in einer Boutique gekauft und war dann mein ganzer Stolz. Dieses wunderbare Tuch war aus einer hervorragenden Wolle, sodass es den Motten geschmeckt hat. Nach relativ kurzer Zeit war es hoffnungslos zerfressen und ich musste es schweren Herzens entsorgen. Das war mein einziger Ausflug in das Reich der Wolltücher und seither darf es nur noch Seide sein.

Eines Tages hatten wir eine sogenannte „Berlin-Sitzung". Die Geschäftsordnung des Deutschen Bundestages in Bonn sah eine gewisse Anzahl von Sitzungen in Berlin vor. Sowohl die Ausschüsse, als auch das Plenum tagten also mehrere Male im Jahr in Berlin. Dies galt als Geste der Verbundenheit an die alte deutsche Hauptstadt, die ja seit ihrer Teilung und dem Vier-Mächte-Status diese Funktion nicht erfüllen konnte. Es war immer ein großer Aufwand, wenn der ganze Bundestag mit allen Abgeordneten, Mitarbeiterinnen und Mitarbeitern und dem gesamten Equipment für einen, höchstens zwei Tage nach Berlin reiste, damals natürlich immer mit dem Flugzeug. Das Klima und die Rolle des Fliegens waren zu dieser Zeit von geringer Bedeutung. Es war eine

politisch notwendige Geste, an der eisern festgehalten wurde. Für die parlamentarischen Geschäftsführerinnen und Geschäftsführer war es immer ein Riesenaufwand alles zu organisieren. Allerdings sprang auch mancher Stadtbummel und viele Einkäufe in der riesigen Stadt dabei heraus. Meist aber verlagerten sich die Einkäufe in die Hotelboutiquen, so auch der Kauf meines legendären schwarz-weißen Tuches. Eines Abends machte ich mich auf den Weg zur Fraktionssitzung in den noch recht provisorischen Reichstag und sah in der Hotelboutique ein außergewöhnlich schönes, schwarz-weißes, großes, quadratisches Seidentuch für einen sehr stolzen Preis. Ich betrachtete es bewundernd, ließ es aber dann doch liegen, in der festen Überzeugung, für dieses Geld kein Schultertuch zu kaufen.
Die Sitzung schleppte sich dahin, Stunde um Stunde, und wir trauerten schon sehr bedauernd diesem verlorenen Abend nach. Aber wie jede noch so merkwürdige und ermüdende Sitzung, fand auch diese ein Ende und wir liefen erschöpft und sicher auch einigermaßen frustriert in unsere Hotels ein. Mein Blick fiel auf die Boutique - sie hatte noch offen, obwohl es schon Mitternacht war. Vergessen waren all meine Bedenken wegen des Preises und der eigentlichen Überflüssigkeit des Kaufes, das wundervolle Tuch gehörte jetzt mir. Viele, viele Jahre lang, weit über meine Bundestagszeit hinaus, schmückte es jede schlichte Garderobe und verwandelte sie in eine Abendrobe oder in ein ganz offizielles Outfit, mit dem man zu jedem Staatsempfang dieser Welt hätte gehen können. Es gab auch manchem Auftritt unseres Bundestagskabaretts Vollkommenheit, Stil und Würde und war bis zum Schluss ein richtiger Hingucker.

Aber die Jahre verlangten auch hier ihren Tribut, die Seide wurde gelblich und fing an zu brechen. Ein guter Seidenfaden reißt nicht, er bricht, und so geschah es auch mit meinem Berliner Tuch. Ich habe es schweren Herzens aussortiert und es dann mit einer kleinen Privatzeremonie den Weg alles Irdischen gehen lassen.

Warum ich Ehrenbürgerin meiner Stadt wurde

Der Höhepunkt meiner Bonner Zeit war 1990 die Deutsche Einheit. Eine unbeschreibliche Zeit der Freude und des Glücks, der Euphorie und des Aufbruchs, aber auch der Verbitterung, der Armut und Hoffnungslosigkeit.
Im Rahmen der vielen Beschlüsse, die damals gefasst wurden, war auch die Einsetzung einer Föderalismuskommission. Hinter diesem fast unaussprechlichen sperrigen Begriff versteckte sich folgender Inhalt: Die oberen deutschen Bundesbehörden sollten gleichmäßig und gerecht auf die alten und neuen Bundesländer verteil werden. Ich gebe zu, bis dato wusste ich überhaupt nicht, wie viele Einrichtungen des Bundes es in den Bundesländern überhaupt gab.
Dies war ein Auftrag, bei dem schnell klar war, dass er nicht gerecht erfüllt werden konnte und vor allem, dass es niemals ohne Verletzungen ablaufen würde. Deshalb begann ich, nach dem schwierigen Abschluss der Kommissionsarbeit, meine Rede im Deutschen Bundestag mit dem alten Sprichwort: „Jedem Menschen recht getan ist eine Kunst, die niemand kann."
Warum hielt ich gerade zu diesem Thema eine Rede?
Die Kommission hatte zwei gleichberechtigte Vorsitzende, einen aus dem Bundesrat und einen aus dem Bundestag. Derjenige aus dem Bundesrat war, nach einigen Besetzungsschwierigkeiten, Bernhard Vogel, der Ministerpräsident von Thüringen. Diejenige aus dem Bundestag wurde ich.
Ich kann der Vermutung nicht widerstehen, dass meine Wahl in diese Position von einigen mit einer gewissen Schaden-

freude getragen war, hatte ich doch das Bundesverfassungsgericht als höchstes Organ zu verteidigen, also ein Verfassungsorgan und dazu noch den Bundesgerichtshof. Mancher wird gesagt haben: „Mal schauen, wie die das schafft, dass beides in Karlsruhe verbleiben kann."
In stundenlangen Sitzungen, in Tag- und Nachtdiskussionen, sah es tatsächlich oft aus, als ob es nicht gelingen könnte. Aber es ist gelungen! Und einige Jahre später erhielt ich für meinen erfolgreichen Einsatz des Verbleibs der Hohen Gerichte in Karlsruhe von meiner Heimatstadt die Ehrenbürgerwürde.
Man musste schon kampferprobt sein, um diese Tage und Nächte durchzustehen. Manchmal ging es zu, wie auf dem Basar oder bei einem mittelalterlichen Tauschgeschäft: Hilfst du mir, meine Institution in meinem Wahlkreis zu behalten, dann helfe ich dir. Der härteste Brocken war der Bundesgerichtshof, nachdem das Verfassungsgericht außen vor war, weil es als Verfassungsorgan über seinen Sitz selbst entscheiden konnte. Und deren Entscheidung für den Verbleib in Karlsruhe fiel recht bald.
Aber nun der BGH, der Bundesgerichtshof. Die kämpferischen Sachsen entfalteten ein wahres Feuerwerk, um das Gericht nach Leipzig, an den ehemaligen Sitz des Reichsgerichtshofes bis zum Kriegsende 1945, zurückzuführen. Sie ließen die schwersten Geschütze auffahren, z.B. ließen sie mich ganz allein mit meinem Mitarbeiter in einem Bundeswehrhubschrauber nach Leipzig fliegen, um mir, das muss ich zugeben, das äußerst eindrucksvolle Gerichtsgebäude des damaligen Reichsgerichtshofes vorzuführen. Man stelle sich

das Geschrei heutzutage vor, wenn eine einzelne Abgeordnete mit der Bundeswehr nach Leipzig fliegen würde!
Wir landeten auf dem Gelände der Völkerschlacht, auf dem Napoleon seinen letzten Feldzug verlor. Aber soweit ist es dann, bei aller Dramatik, doch nicht gekommen. Alle Einschüchterungsversuche jedenfalls haben nichts gebracht und die Kommission konnte nach tage- und nächtelangem Ringen in die Vorlage hineinschreiben:„ Der Sitz des Bundesgerichtshofes ist Karlsruhe".
Jetzt begann das Zittern und Bangen, denn der Bundestag musste darüber noch abstimmen. Ich hatte mächtige Verbündete in allen Fraktionen. Ich hatte auch die öffentliche Meinung auf meiner Seite, angeführt von der örtlichen Zeitung BNN, der Stadtverwaltung Karlsruhe mit dem Oberbürgermeister und das Gericht selbst. Die Richterinnen und Richter wollten nicht zurück in die Gebäude, in denen viele Unrechtsurteile des 3. Reiches gesprochen worden waren.
Der Tag der Abstimmung war gekommen, das Plenum voll, alle Abgeordneten, die gesamte Bundesregierung und aus allen Ländern die Vertretung sowie die Ministerpräsidenten waren anwesend.
Die meisten Punkte gingen ohne große Auseinandersetzung durch, bis auf den BGH. Es wurde tatsächlich eine namentliche Abstimmung beantragt. Ich sah meine Felle davonschwimmen und war schon ziemlich verzweifelt. Wie sollte ich jemals wieder in meine Stadt zurückkommen, wenn dies misslingen würde. Aber nachdem die Zeit des Auszählens der Stimmen vorüber war und ich mehrere Blusen durchgeschwitzt hatte, war klar: Der Bundesgerichtshof und die Bun-

desanwaltschaft bleiben in Karlsruhe. Leipzig erhält dafür das Bundesverwaltungsgericht.
Es war eine schwere Prozedur mit einem wunderbaren Sieg! „Die Residenz des Rechts" zu verlieren, wäre schon ein bitterer Verlust gewesen.
Als Dank für den Verbleib beider Gerichte in Karlsruhe machte mich der Stadtrat 2006 zur Ehrenbürgerin. Für mich ist das immer noch die höchste Auszeichnung, die ein Mensch von seiner Heimatstadt bekommen kann.
Noch heute rumort es bei den Sachsen. Meine Befürchtung geht dahin, dass ein neuer Bundestag mit neuen Abgeordneten auf die Idee kommen könnten das Thema noch einmal aufzugreifen, denn die Sachsen waren zutiefst beleidigt. Wer weiß, wie es mit einer Neuauflage ausgehen würde. Ich hoffe sehr, dass ich das nicht erleben muss.

Der Abschied von Bonn

Dann kam 1994 der Tag, der wie jeder andere begann und doch mein Leben verändern sollte:
In Baden-Württemberg regierte seit zwei Jahren die „Große Koalition“ von CDU und SPD. So viel so gut.
An einem Nachmittag im Kanzleramt war ich auf einer Sitzung, die mit der Einheit zu tun hatte. Es läutete zur namentlichen Abstimmung im nahegelegenen Wasserwerk und wir machten uns deshalb auf den Weg dorthin. Wir, damit meine ich einen Abgeordneten der CDU und ich. Der Kollege fragte mich, ob mir nicht am Vorabend die Ohren geklingelt hätten. Sie hätten sich nämlich in irgendeinem Zirkel darüber unterhalten, dass der SPD in Stuttgart nun doch auch die Besetzung eines Regierungspräsidenten zustünde. Der CDU Kollege, der dieses Amt bisher innehat, würde jetzt in den Ruhestand gehen und somit wäre das doch etwas für mich. Mir war dieser Gedanke so fremd, dass ich mich nicht weiter damit beschäftigte.
Als aber am folgenden Tag dieses Gerücht schon halb Bonn erfüllte und sogar der Bundeskanzler Kohl mich daraufhin ansprach, musste ich mich doch einmal kundig machen. Und siehe da, die baden-württembergische SPD hatte einen Vorschlag mit meinem Namen ins Gespräch gebracht - wovon ich wohlgemerkt nichts wusste. Als der Vorstoß von der CDU nicht ablehnend behandelt wurde, wurde bald ein offizieller Vorschlag daraus.
Ministerpräsident Erwin Teufel rief in Bonn an und fragte mich, ob ich im Höheren Dienst sei, was ich bejahen konnte,

und ob ich für den Posten der Regierungspräsidentin bereit wäre.

Und dann ging alles ganz schnell. Am 1. August 1994 wurde ich im Karlsruher Kongresszentrum als Regierungspräsidentin des Bezirks Karlsruhe eingeführt. Ich legte das Mandat als Bundestagsabgeordnete nieder und es begannen 11 Jahre meiner schönsten beruflichen Zeit.
Ich war angekommen!

Aber wie war nun der Abschied von Bonn und Berlin?
Beinahe unwirklich oder fast mystisch.
Meine letzte bundespolitische Betätigung sollte die Wahl des Bundespräsidenten sein. Es handelte sich um Bundespräsident Roman Herzog. Eigentlich war es keine Frage, dass Herzog gewinnen würde, obwohl die anderen Parteien natürlich eigene Kandidaten aufgestellt hatten. Die Kandidatin der SPD war Gesine Schwan, eine Frau mit großem Namen und sehr gutem Ruf. Natürlich musste der Wahlmodus eingehalten werden und nach allen Regeln und Vorschriften diese Wahl stattfinden. Dafür ist namentlicher Aufruf vorgeschrieben und diese Prozedur braucht ihre Zeit.
Die Bundesversammlung fand wie immer in Berlin statt, in Bonn aber lief am Vortag noch ganz normaler Parlamentsbetrieb. Alle wollten natürlich rechtzeitig nach Berlin fliegen, viele waren schon abgereist. Da ich wusste, dass dies in Bonn meine letzte Handlung als Abgeordnete und Parlamentarische Geschäftsführerin sein würde, habe ich angeboten, nach der letzten Sitzung alleine den Plenardienst zu übernehmen und erst am anderen Morgen nach Berlin zufliegen.

Die Sitzung ging ihrem Ende entgegen. Die Präsidentin Frau Süssmuth sprach die übliche Schließungsformel und alle strömten hinaus. Ich ging als letzte zur hinteren großen Glastür, um den Plenarsaal zu verlassen. Auf dem Weg dahin rief ich der amtierenden Präsidentin Frau Süssmuth zu, „Frau Präsidentin, machen Sie das Licht aus“ und legte dabei meine Hand auf die Türklinke, durch die ich nun nie mehr gehen würde.
Da gingen, wie von Geisterhand, schlagartig alle Lichter aus und es war einen Augenblick ganz still und dunkel.
Das war der Moment, in dem ich Gänsehaut bekam. Es war das symbolische Zeichen, dass meine Zeit als Mitglied des Deutschen Bundestages vorbei war und nie mehr wieder kommen würde. Ein erhebender und erschreckender Moment zugleich.
Mir kamen tatsächlich die Tränen und um dieser Gemütsbewegung zu entgegnen, bin ich an diesem Sommerabend ganz alleine am Rheinufer entlang bis zur Kennedybrücke gelaufen. Dabei kam es mir plötzlich so unwahrscheinlich, beinahe unwirklich vor, dass ich, eine Frau aus dem kleinen Wolfach im Schwarzwald dies alles erlebt hatte, bis hin zum Türschild vor einem Ständigen Büro im Deutschen Reichstag, einem Gebäude, in dem sich so viel Schicksalhaftes für unser Volk abgespielt hatte.

Dies war mein einsamer Abschied von 7 Jahren Bonner Parlamentsarbeit und der Beginn einer ganz neuen Periode in meinem Leben, die mich wieder nach Karlsruhe zurückführte und die 11 Jahre dauern sollte.

1994-2005

---

11 Jahre Regierungspräsidentin

Erste Regierungspräsidentin

Als ich, für mich völlig überraschend und als Produkt der Großen Koalition, in Stuttgart 1994 zur Regierungspräsidentin des Bezirks Karlsruhe ernannt worden war, die erste Frau in diesem Amt in Baden-Württemberg, kam ein völlig neues, ungeheuer vielfältiges Arbeitsgebiet auf mich zu. Aber vorerst zu ...

Erste Frau

Hier nur einige Schlagzeilen und Sätze aus der Presse:
... eine Frau im exklusiven Herrenclub
... eine nicht verheiratete Amtschefin
... fröhliche Junggesellin
... keine studierte Juristin, sondern Gewerbelehrerin
... Weiberwirtschaft
... und auch noch mit einer Roten
... In Karlsruhe, der Residenz des Rechts, fallen die Männerbastionen. Nicht genug, dass Jutta Limbach, Präsidentin des Bundesverfassungsgerichts geworden ist und die karlsruher Polizisten unter dem Kommando ihrer obersten Ordnungshüterin Hildegard Gerecke stehen, jetzt auch noch eine Regierungspräsidentin! ...

Das klingt doch nach Angst, oder? Damals war ich also eine Sensation, und dann auch noch die verstörende Tatsache, dass in unserem „Ländle“ diese Frau von der SPD war. Noch schlimmer aber war, diese Frau von der SPD war keine Juristin! Das war in der Vorstellungskraft vieler fast undenkbar:

Ich hatte über diese Tatsache vorher gar nicht nachgedacht, so richtig bewusst wurde es mir erst, als ich dauernd, besonders auch von der Presse, gefragt wurde: „Wie wollen und werden Sie dieses Amt führen, als Nichtjuristin?"
Zum Glück fiel mir eine Antwort ein, die die Frager zum Schweigen brachte. Ich antwortete: „So viel mir bekannt ist, ist diese Behörde voller hervorragender Juristinnen und Juristen, sie werden mich schon richtig beraten und vor Irrwegen bewahren."
Für die meisten war das ausreichend und dieses Thema verschwand so langsam aus dem Fragenkatalog.

… Weiblicher Führungsstil. Kann das gutgehen? „Es kann", erklärt die Feministin aus voller Überzeugung, „und das, obwohl ich weder Juristin bin, noch in der CDU und obendrein eine Frau", fügt sie augenzwinkernd hinzu.

Aber was ist eigentlich ein Regierungspräsidium?
Und was macht die Präsidentin?
Dass dies so gut wie niemand wusste, außer den Insidern natürlich, wurde mir durch die Frage meiner Nachbarin am Gartenzaun klar. „Was machen Sie da eigentlich und warum gehen Sie da jeden Tag hin?" So ganz klar war mir das am Anfang auch nicht.
Die meisten Bürger hören nur bei Bußgeldbescheiden vom Regierungspräsidium, die gehören nämlich auch dazu. Aber so wirklich wissen wollen es die wenigsten und so nannte ich meinen neuen Arbeitsplatz „Die unbekannte Behörde".

Das Regierungspräsidium, die unbekannte Behörde

Mein Dienstantritt war unglücklicherweise am 1. August. Alle wichtigen Abteilungsleiter und Sekretärinnen hatten Urlaub, und so saß ich sozusagen mutterseelenallein in meinem Büro und hatte keine Ahnung, was ich den lieben langen Tag machen sollte. Also nutzte ich erst einmal die Zeit, um mich mit der Struktur und den Aufgaben der Behörde vertraut zu machen:
Nur soviel an dieser Stelle: Es gibt in Baden-Württemberg vier Regierungsbezirke mit vier Präsidien, die beiden badischen - Karlsruhe und Freiburg - und die beiden württembergischen - Stuttgart und Tübingen.
Außer mir damals, alle drei von Männern, Topjuristen und CDU-Mitgliedern besetzt.
Die Regierungspräsidien sind sogenannte Mittelbehörden und stehen in unserem Verwaltungsaufbau zwischen den Kommunen und Landkreisen und den Ministerien und der Landesregierung. Sie vertreten die Landesregierung und sind neben vielen anderen Aufgaben die Widerspruchs- und Vermittlungsstelle.

Da saß ich nun und musste mir klar werden, was nun die Arbeitsfelder der 9 Abteilungen, untergliedert in fast 60 Referaten, alles umfasste:
von Wirtschaft und Raumordnung über Gesundheitswesen und Landwirtschaft, Verkehr, Straßen, Umwelt, Baurecht, Aufsicht über die Sparkassen und 800 Stiftungen, Waffenrecht, Melde- und Versammlungsrecht, Energieanlagen,

Katastrophen- und Denkmalschutz, grenzüberschreitende Zusammenarbeit in Europa, alle Schulen und Schularten und vom Glücksspiel bis hin zum Asylrecht und der Unterbringung und Verteilung von Flüchtlingen. Es gab umgekehrt gefühlt nichts, das nicht in die Zuständigkeit des Regierungspräsidiums fiel. Also ein Riesenpaket wichtiger Themen, zum Schwindelig werden, und ich war nun die Chefin.
Und als ob das nicht schon ausreichen würde, die Referate waren nicht im gleichen Gebäude, dem Regierungspräsidium am Schlossplatz verortet, sondern in über 380 Gebäuden über den ganzen Regierungsbezirk verteilt.

Bei meinem Amtsantritt gab es 800 Beschäftigte und zum Ende meiner Amtszeit etwa 2000. Sie lesen richtig: Zweitausend. Das kam durch die große Verwaltungsreform, bei der viele sogenannte Sonderbehörden, z.B. das Oberschulamt, ins RP eingegliedert wurden.
Dies war also schon ein gewaltiger Unterschied zu meinen etwa 50 Kolleginnen und Kollegen in der Schule oder den etwa 250 Mitgliedern der SPD-Fraktion im Deutschen Bundestag.
Natürlich kann man bei so einer großen Behörde unmöglich mehr als einen groben Überblick haben, dazu war und ist der große Mitarbeiterstab nötig. Bei den nun folgenden Genannten verstehe ich die Berufsgruppen übrigens als geschlechtsneutral. Der Stab bestand etwa zur Hälfte aus Juristen, um den unzähligen Gesetzen und Vorschriften, einschließlich der EU-Vorgaben beizukommen sowie den eigentlichen Fachleuten. Da waren Ingenieure, Architekten, Ärzte, Biologen, ebenso Kunsthistoriker, die Polizei, Ärzte, Pharmazeuten,

Pädagogen, Umweltfachleute, Sachbearbeiter in allen Bereichen, Rechnungsprüfer, Landwirte in der Abteilung Landwirtschaft, Sachverständige für die vielen Verordnungen der EU, Rechnungsprüfer und Haushaltsexperten.
Kurz: Eine vielseitige, hochinteressante, motivierte, gebildete Belegschaft, die die unterschiedlichsten Bereich abdeckten und die mir alle offen und neugierig entgegen traten. Auf deren Sachkompetenz und Loyalität war ich nun angewiesen und niemals hatte auch nur ein einziger mich im Regen stehen lassen. Dafür bin ich ihnen jetzt noch dankbar.

Nun unterbreche ich die umfangreiche Ausführung der Beschreibung der Behörde, um mit einer netten Geschichte aufzulockern.

Rosarote Pumps und rote Gummistiefel

Der Regierungsbezirk Karlsruhe ist durch seine abwechslungsreiche und vielfältige Landschaft besonders reich an Naturschutzgebieten, die alle besichtigt und begutachtet werden wollten. Viele gab es schon, einige wurden in meiner Amtszeit ausgewiesen.
So eine Ausweisung ist ein richtig umfangreicher Verwaltungsakt, in dem viele Vorschriften berücksichtigt und abgewogen werden müssen. Ist es dann soweit, müssen sehr viele Texte unterschrieben werden und auch sehr große, also wirklich riesig große Karten.
Zu diesem Zweck, und nur zu diesem, hatte ich einen teuren Tintenfüller, der noch mit Tinte aufgezogen werden musste, und in einer mit Samt ausgeschlagenen Hülle aufbewahrt wurde. Die Tinte musste man extra in einem speziellen Papierfachgeschäft holen, wo es noch Tinte im Fässchen zu kaufen gab. Es war immer ein feierlicher Akt, wenn meine Naturschützerinnen und -schützer mit den riesengroßen Blättern der Verordnung und dem Füller bei mir im Büro standen oder aber draußen vor Ort mit Publikum.
Einige Naturschutzgebiete tragen meine Unterschrift und viele Bürgermeister und Landräte veranstalteten ein kleines Fest, wenn die Verordnung überbracht wurde. Das machte ich stets selbst, schon um dem Schutz der Natur und seiner Notwendigkeit Nachdruck und auch Würde zu verleihen. Ich erinnere mich dabei besonders lebhaft an die Ausweisung „Naturschutzgebiet Albtal und Nebentäler“. Es gab eine sehr fröhliche Veranstaltung im Kurhaus Bad Herrenalb in Anwe-

senheit einiger Bürgermeister und des Landrats des Landkreises Calw.
Viele unserer Naturschutzgebiete liegen am Rhein und seinen Auwäldern, die ein ganz besonderes Biotop darstellen. Dort ist es natürlich selbst im höchsten Hochsommer sumpfig, feucht, schlammig und nass.
Eines Tages, bei einem Gemeindebesuch, bei dem die Bürgermeister der Präsidentin ihre Dörfer und Städte in all ihrer Schönheit, aber auch mit ihrer jeweiligen Problematik vorstellten, wurde auch ein Auengebiet gezeigt. Die Besichtigungsroute führte in die feuchten Wiesen und Auen, die besondere Tiere und Pflanzen beherbergen. Der Weg wurde immer weicher, immer feuchter, richtig matschig, aber ich hatte edle, zierliche, sehr elegante, rosafarbene Wildlederpumps an meinen Füßen. Man zieht sich bei so einem Gemeindebesuch besonders gut an, schon um dem Gastgeber die Ehre zu erweisen.
Bei so einem Anlass ist immer eine große Gruppe mehr oder weniger Offizieller dabei und die schauten gebannt auf meine Füße. Die Frage, was macht sie jetzt, stand deutlich in ihren Gesichtern. Als der Matsch dann endgültig meine schönen Schuhe bedrohte, zog ich sie kurzerhand aus, nahm sie in die Hand und stapfte weiter. Es war zum Glück Sommer und ich war barfuß in den Schuhen, und alsbald quetschte sich der Schlamm gurgelnd zwischen meinen Zehen.
Beim ersten Matsch, der durch die Zehen quoll, klatschte plötzlich die ganze Begleitung laut und lachend Beifall. Da wusste ich, dass ich diese Herzen schon gewonnen hatte und ein Presseartikel mit Photo - `Die Präsidentin im Schlamm mit ihren Schuhen in der Hand` - haben ein Übriges getan.

Als ich nach Wochen in ein anderes Gebiet kam, überreichte mir der Bürgermeister als erstes rote Gummistiefel, damit ich nie wieder mit Pumps in der Hand durch die Feuchtwiesen waten musste. Diese Gummistiefel lagen bis zu meinem letzten Arbeitstag im Kofferraum des Dienstwagens und taten oft sehr gute Dienste, obwohl sie eine Größe zu klein waren.
Ein Abteilungsleiter Naturschutz erzählte mir erst nach vielen Jahren, dass er ab diesem Moment angefangen hat mich zu lieben, als ich die Schuhe in die Hand nahm und weiterstapfte.

Die Dimension des Regierungspräsidiums

271 Städte und Gemeinden sowie 7 Landkreise gehörten zum Regierungsbezirk, dazu kamen Vereine, Verbände, Unternehmen, mittelständische Betriebe, Planungsgesellschaften usw. Alle wollten die neue Chefin sehen und einladen. Ich hatte mir vorgenommen alle, auch die Kleinsten zu besuchen, was ich in den 11 Jahren auch tatsächlich geschafft habe. Bei meiner Amtseinführung hatte ich gesagt, dass mein Grundsatz sei: Nichts ersetzt den Augenschein! Und das nutzten alle, um mich einzuladen.
Mir war es wichtig persönliche Gespräche mit den Bürgermeistern zu führen statt endlosen Schriftverkehr, Veranstaltungen zu besuchen, auch bei weiter entfernt liegenden Gemeinden oder zum Jubiläum eines Verbandes zu erscheinen. Zuhören, zuhören, zuhören, dazu sich nicht in Allgemeinplätzen ergehen, sondern die zuständigen Experten, Sacharbeiter und Juristen an Besprechungen mit teilnehmen lassen, die auch Detailfragen beantworten konnten.
Mit dieser Methode bin ich gut gefahren und wenn ich zu einem Anliegen auch mal „Nein“ sagen musste, wurden die betroffenen Personen oder Institutionen trotzdem ernst genommen. Davon lebt eine Demokratie und wirkt der Politikverdrossenheit entgegen.

Alltag im Regierungspräsidium

Meine Arbeit machte mir von Tag zu Tag mehr Spaß. Ich kann mich an keinen Tag erinnern, an dem ich nicht gern und mit Freude in mein Büro oder hinaus auf Besprechungsfahrten bin. Das lag auch an den tollen Mitarbeiter, die sich von meiner Begeisterung mitreißen ließen, mich aber auch mit ihrem geschulten Juristenverstand vor mancher spontanen Entscheidung bewahrt haben. Sie sind heute in den oberen Etagen anderer Behörden oder Vizepräsidentin des RPs oder Bürgermeister oder Abteilungsleiterinnen im Haus RP oder Geschäftsführer großer Verbände. Darauf bin ich stolz. Sie haben manches bei mir gelernt, aber auch ich habe vieles von ihnen mitgenommen.
Übrigens hatte ich auch einiges meinem geliebten Vater zu verdanken, der mich im Regierungspräsidium auf Schritt und Tritt verfolgte, auch wenn er zu dieser Zeit nicht mehr lebte: Manch älterer Bürgermeister in seiner zweiten oder dritten Amtszeit war als junger Mann bei meinem Vater in den Unterricht gegangen, der sie befähigen sollte, ihr Amt zu führen. Mein Vater war Leiter der Kommunalabteilung des Regierungspräsidiums und unterrichtete ehrenamtlich die jungen Bürgermeister und Anwärter in Kommunalrecht. Er war ein charismatischer Mensch und überall hoch angesehen. Das öffnete mir manche Türen und Herzen.
Ich möchte meinen Leserinnen und Lesern nicht mit weiteren Schilderungen der allgemeinen Verwaltungsarbeit langweilen, lieber im Folgenden eine Begebenheit erzählen, bei der ich für das „Neinsagen" sogar geehrt wurde.

Wie wird man Ehrenfledermaus?

Wie ich schon berichtet habe, ist das RP Widerspruchsbehörde, denn es muss ja in einer Demokratie jedem Menschen möglich sein, gegen die Entscheidung einer Behörde bei einer anderen, höher angesiedelten Stelle, Widerspruch einzulegen. Dies ist ein zweischneidiges Schwert, da dieses Widerspruchsrecht viele Entscheidungen zeitlich verzögert, besonders dann, wenn noch die Gerichte angerufen werden, womöglich bis zur letzten Instanz.
Folgender Fall, einer von vielen:
Der Intendant der Heidelberger Schlossfestspiele wollte ein Stück aufführen, dessen erster Akt im Schlossgraben spielen sollte. Die Stadt Heidelberg hat dieses untersagt mit der Begründung, dass die im Schlossgraben lebenden Fledermäuse durch dieses Ereignis erheblichen Schaden nehmen würden. Die Intendanz legte Widerspruch ein, mit dem Begehren mit mir selbst und nicht mit dem zuständigen Bearbeiter zu sprechen.
Das Schwierige an diesem Thema war, dass die Fledermaus zu den am höchsten geschützten Lebewesen gehört und die Stadt Heidelberg voll im Recht war mit ihrer Entscheidung.
Der Gesprächstermin rückte näher und ich beauftragte meinen in der Sache kompetenten Mitarbeiter an der Besprechung teilzunehmen und zur Untermauerung der Tatsache, dass wir diesen Widerspruch abweisen mussten, alle verfügbaren Unterlagen zur Fledermaus mitzubringen.
Er erschien mit einem Bürowagen voller Akten und Bücher, was schon einen bedeutenden Eindruck machte.

Die Heidelberger Gruppe kam und legte ihr Anliegen dar. Ich war dank meines Mitarbeiters tief in der Thematik eingebunden und machte nun, mit Unterstützung meines Experten, den Heidelbergern klar, dass die Stadt richtig gehandelt hat und dem Widerspruch nicht stattgegeben werden konnte.
In der Sache war es so, dass die jungen Fledermäuse durch die Scheinwerfer, die man natürlich für eine solche Aufführung braucht, in ihrem hochempfindlichen System der Wahrnehmung gestört würden. Infolge wären sie auch bei ihren Flugrouten irritiert, was dazu führt, dass sie den Weg in ihre Winterquartiere nicht fänden, also auch nicht überleben würden.
Die Ablehnung des Auftritts im Schlossgraben war nicht zu umgehen und die Beschwerdeführer zogen sichtlich enttäuscht davon.

Für mich war der Fall abgeschlossen, bis ich eines Tages vom Verein zum Schutz der Fledermäuse eine Einladung in unser Naturkundemuseum erhielt. Im Rahmen dieser Veranstaltung wurde ich zum Dank für mein Verhalten im Falle Heidelberger Schlossfestspiele zum Ehrenmitglied ihres Vereines ernannt. Meine Schwester funktionierte diese Ehrung sofort in die „Ehrenfledermaus“ um. Ich erhalte bis auf den heutigen Tag eine Broschüre mit den Mitteilungen dieses Vereins, mit dem schönen Titel „Der Flattermann“.
Viele Jahre später saß ich an einem Sommerabend auf dem Balkon meiner jetzigen Wohnung, der in einen Park mit alten Eichen und Totholz führt, als ich einen leichten Hauch in meinem Gesicht verspürte. Und lautlos, wie ein Gespenst

und tatsächlich ein wenig unheimlich, huschte eine Fledermaus an mir vorbei.
Ich glaube, sie wollte sich bedanken.

Kein Erfolg ohne Team

Mein engstes Umfeld habe ich gleich zu Anfang verpflichtet, mir offen zu sagen, wenn ich etwas falsch sehe oder wenn ich anfange altbacken zu werden oder intolerant oder rückwärtsgewandt. Sie haben das auch gemacht und ihnen habe ich zu verdanken, dass ich noch heute jung im Geist geblieben bin und fortschrittlich im Denken. Wir waren, wie ich jetzt beschreiben werde, eine stolze Truppe.

Sehr wichtig war ein funktionierendes Vorzimmer. Ich hatte elf Jahre das Glück ein solches zu haben. Von den Terminen über beratende Gespräche am Telefon oder persönlich, bis hin zur perfekten Erledigung des Schriftverkehrs, war alles immer in besten Händen. Die Damen erfüllten alle von mir gesetzten Kriterien, waren gebildet, gut erzogen und hatten eine kompetente und intelligente Ausstrahlung. Mir gefiel oft auch ihr peppiges Aussehen.

Unsere Türen waren immer offen, sowohl die des Vorzimmers, als auch meine. Jeder konnte kommen und mit uns reden. Und wenn die Türen einmal geschlossen waren, dann wusste jeder, dass sich dahinter etwas Wichtiges abspielte, das keine Störung vertragen konnte.

Am wichtigsten in dieser Runde sind die Persönlichen Referenten, PR genannt und die Pressesprecher.

Ich hatte mit allen Genannten stets ein unheimliches Glück. Vier PRs hatte ich in 11 Jahren, drei männliche und eine weibliche. Sie waren selbstverständlich Topjuristen, aber darüber hinaus umfassend gebildet und vielseitig einsetzbar.

Das gleiche gilt für die tollen Pressesprecher: gute Bildung, gute juristische Abschlüsse und tadelloses Benehmen waren die Voraussetzung. Noch heute sehen ich manche und ich freue mich immer über diese Treffen.
Wenn ich es mir genau überlege, waren aus diesem Kreis am aller wichtigsten die Fahrer des Dienstfahrzeuges. Ich hatte zwei ständige und einen Stellvertreter. Mit dem Fahrer verbringt man die meiste Zeit und zwar tagsüber und oft auch noch weit in die Nachtstunden hinein. Mit keinem einzigen Menschen verbringt man so viel Zeit, wie mit dem Fahrer. Er hört alles, er sieht alles, er bekommt alles mit. Er hört auch oft geheime Vorgänge und viel Persönliches. Manchmal bekommt er auch Tränen mit oder Wutausbrüche und auch manch gar nicht so feiner Ausdruck gelangt an sein Ohr.
Viel Privates wird im Laufe der Zeit in einem Dienstfahrzeug geredet, sowohl von der Chefin und ihrem Umfeld, als auch vom Fahrer und seiner Familie. Man wird zu Vertrauten und teilt die Vorkommnisse eines Tages mit keinem so intensiv, wie mit ihm und so wird dieser zum treuen Freund. Dieses Glück hatte ich mit allen meinen Fahrern. Wir wären füreinander durchs Feuer gegangen und manche Freundschaft hat alle Jahre überdauert und besteht bis heute.

Eine Ziege zum Geburtstag

Jedes Jahr werden in Baden-Württemberg Bürgerinnen und Bürger geehrt, die ein Projekt initiiert haben und führen, das wichtig für die Gemeinschaft ist. Die Ehrung ist meistens im Weißen Saal des Stuttgarter Schlosses, was ein besonders schöner und edler Rahmen ist. Wenn aus meinem Regierungsbezirk Projekte dabei waren, dann war es für mich selbstverständlich nach Stuttgart zu fahren und meinen Bürgerinnen und Bürgern vor Ort herzlich zu gratulieren. Anschließend war natürlich der Besuch und die Besichtigung des Projektes Ehrensache.
Eines Tages erhielt der Verein der Ziegenfreunde aus dem Murgtal eine Auszeichnung für ihr Projekt. Eine Ziegenherde weidete im Murgtal, ich glaub sie weidet immer noch, und tut damit wichtige Naturschutzarbeit, weil Ziegen das Tal vor dem Zuwachsen bewahren. Ziegen können das besonders gut, noch besser als Schafe, weil 30% ihres Futters aus Holz bestehen muss. Sie fressen deshalb nicht bloß Gras, wie die Schafe, sondern Gebüsch und kleine Bäumchen, die das Tal verwildern lassen würden. Ich bewundere diese Idee bis heute.
In diesem Jahr kam unaufhaltsam mein 60. Geburtstag auf mich zu. Ich habe im Frühsommer Geburtstag und es wurde eine wundervolle Veranstaltung im Innenhof des Regierungspräsidiums. Man schenkt natürlich etwas zu diesem Anlass und so bekam ich von meiner Landwirtschaftsabteilung eine lebende Ziege, eigentlich ein Zicklein aus dieser Herde im Murgtal.

Zunächst bestand sie nur aus einer kunstvollen Schenkungsurkunde, aber eines Tages wurde es Realität. Der Verein der Ziegenfreunde lud mich ein, um meine Ziege zu besuchen und sie zu taufen. Um Himmelswillen, wie tauft man eine Ziege? In meiner Schwarzwälder Kindheit hießen die Ziegen Emma oder Lisa oder Frieda. Da dies aber zu der Zeit absolute Modenamen für kleine Mädchen waren, das Land wimmelte von Emmas, Lenas, und Friedas, kamen die Namen nicht in Frage. Ich war ratlos. Zu diesem wichtigen Akt der Taufe und noch immer ohne Namensidee, waren wir also unterwegs ins Murgtal und, da wir etwas zu früh waren, hielten wir an einem Wiesenrand. Unverhofft tauchte eine Ziegenherde mit einem Knaben auf, der eine Schüssel voller Rübenschnitze unter dem Arm hatte. Es war ein wunderschönes, geradezu biblisches Bild. Ein Zicklein sprang aus der Herde hinaus und hüpfte auf der Wiese herum. Der Hirte warf ihm einige Rübenschnitze hin und rief: „Suleika, komm zurück!“ „Um Gotteswillen“, sagte ich zu meinem Fahrer, „hier heißen die Geißen Suleika. Da fällt mir schon gleich gar nichts mehr ein. Lassen Sie uns nach Hause fahren.“ Das taten wir natürlich nicht.
Schließlich brachte man mich zu meiner Ziege. Es war eine hübsche Burenziege mit schönen langen Hängeohren. Sie hatte die schönsten Schlappohren der Welt, und plötzlich wusste ich den Namen. Ich hatte zu jener Zeit einen Hund, ein wunderbarer Schäfermischling, Schäfermix stand in den Papieren aus dem Tierheim. Es waren also viele Rassen in ihm vereint. Er hatte ein Hänge- und ein Stehohr und hieß Leo. Die Ohren brachten mir die Inspiration. Animiert vom Hängeohr meines Leos, taufte ich das Zicklein kurzerhand

Leopoldine. Leopoldine lebte eine lange Zeit, vermehrte sich und war glücklich. In regelmäßigen Zeitabständen bekam ich Schilderungen über ihr Ziegenleben. Diese Mitteilungen endeten immer:
Wir grüßen Sie mit einem fröhlichen „Mäh Mäh".
Solche schönen Briefe habe ich, nach dem Leopoldine in den Ziegenhimmel eingegangen war, nie mehr bekommen.
Mit einem fröhlichen „Mäh, Mäh".

Auch das ist Politik

Regierungspräsidenten sind politische Beamte, das heißt, sie können, wenn die politische Grundlage ihrer Berufung sich geändert hat, sofort und ohne Frist entlassen werden.
1996 war die Wahlperiode der amtierenden Landesregierung zu Ende und Landtagswahlen standen wieder ins Haus, die die SPD, also meine Partei, krachend verlor. Als neuer Koalitionspartner trat die FDP in die Regierung. Ich musste also täglich damit rechnen, dass die FDP Anspruch auf mein Amt erheben würde und ich gehen muss.
Tatsächlich habe ich gezittert bei dem Gedanken und hatte große Angst, das von mir so geliebte Amt zu verlieren.
Nachdem ich mehrere Tage nach der verlorenen Wahl nichts aus Stuttgart hörte, meldete sich der alte und neue Ministerpräsident Erwin Teufel zu einem Besuch bei mir im Amt an. Jetzt werde ich entlassen, dachte nicht nur ich, sondern auch meine Mitarbeiter, die mit langen Gesichtern herumliefen. Bei mir eingetroffen, kam Erwin Teufel ohne Vorgeplänkel zur Sache. Dieses Gespräch muss ich aus der Erinnerung wörtlich zitieren. Er sagte: „Das Einzige, das ich gegen Sie haben könnte, ist ihr Parteibuch, aber das interessiert mich nicht. Sie machen ihre Arbeit gut und sind beliebt. Meine CDU Bürgermeister haben mir einen Protestmarsch nach Stuttgart angekündigt, wenn ich Sie entlasse. Und außerdem“, jetzt ging der Schwabe mit ihm durch, „was würden denn die Leute sagen, wenn ich Sie im Falle Ihrer Entlassung mit so einer hohen Pension auf der Straße rumlaufen ließe. Also, Sie bleiben!“

Mir blieb fast das Herz stehen vor Freude, und obwohl es ein Gespräch unter vier Augen war, verbreitete es sich wie eine Welle im ganzen Haus: Die Chefin bleibt!
Bis heute werte ich dieses Gespräch als einen Ausdruck hoher politischer Kultur, obwohl ich schon anmerken möchte, ich war wirklich gut!

Ich bin dann insgesamt elf Jahre Regierungspräsidentin geblieben, bis zu meiner planmäßigen Pensionierung mit 65 Jahren.
Kurz vor meiner Zurruhesetzung erfuhr ich noch einen anderen oder vielleicht wahren Grund für meinen Verbleib im Amt. Im selben Jahr, als sich dies alles abspielte, also in dem Jahr der verlorenen Landtagswahl für die SPD, stand in meiner Heimatstadt Karlsruhe auch die Wiederwahl des Karlsruher Oberbürgermeisters Heinz Fenrich (CDU) an.
Im Hinblick darauf wurde im Kabinett in Stuttgart über mich diskutiert. Was ist, wenn wir die Hämmerle als Regierungspräsidentin entlassen? Bestimmt kandidiert sie dann für den Sitz des Oberbürgermeisters, zuzutrauen wäre es ihr. Und die schlussendliche Folgerung war:
Lasst die Hämmerle in ihrem Amt, die macht das gut und ist beliebt und bringt keine Nachteile. Wenn wir sie entlassen, kandidiert sie wahrscheinlich gegen Heinz Fenrich. Die Möglichkeit besteht, dass sie gewinnt und dann verliert die CDU Karlsruhe. Also lasst sie, wo sie ist, dann richtet sie keinen Schaden an.
Das war allerdings Spekulation, ich weiß nicht, ob ich kandidiert hätte.
Auch das ist auch Politik!

Manches Mal war es absonderlich

Es ist mir ein Anliegen dieses kleine Buch dazu zu nutzen mit manch grundlegend falschen Vorstellungen aufzuräumen. Viele Bürgerinnen und Bürger leiden unter der langen Zeit, die ins Land geht, bis Entscheidungen getroffen werden. Ich möchte erklären, woran es auch liegt.
Beispiel: Eine Umgehungsstraße soll einen Ort von seiner hohen Verkehrsbelastung befreien. Nach einem aufwändigen Verfahren, das gesetzlich vorgeschrieben ist und keineswegs von Behörden erfunden wird, beginnt die Planungsarbeit. Wenn diese beendet ist, werden Bürgeranhörungen durchgeführt, bei dem der Plan vorgestellt wird. Ab da an können die Bürgerinnen und Bürger Einspruch erheben. Das können mehrere tausend Einsprüche sein, und wie schon erlebt, bis zu 50 000 und mehr. Einsprüche gleichen Inhalts werden gebündelt und miteinander behandelt. Am Beispiel eines wirklichen Projektes möchte ich aufzeigen, was geschehen kann:
Die Einsprüche wurden abgearbeitet, es ist ihnen stattgegeben worden oder auch nicht und letztendlich ist der Plan festgestellt, die Planung ist fertig. Sie wird der betreffenden Körperschaft übergeben. Kaum hat der Plan das Regierungspräsidium verlassen, findet ein Bürger oder Bürgerin einen Grund gegen diesen Plan gerichtlich vorzugehen. Das ist leider bei der überwiegenden Mehrheit so. Es ist geradezu Mode geworden, die Gerichte zu benutzen. Lothar Späth, der ehemalige Ministerpräsident unseres Landes, sagte dazu einmal: „Jeder Baden-Württemberger hat eine Rechtsschutzversicherung und die muss sich einmal im Leben lohnen, also wird geklagt.“ Die Verwaltungsgerichte laufen über von diesen Verfahren.

Aber es wird absurder. Stellt nun das Gericht fest, dass ein Einspruch von diesen 50 000 nicht beachtet wurde, wird der Plan gekippt. Das bedeutet nicht etwa, dass dieser eine Einwand nachgeprüft und nachbearbeitet wird, nein, es bedeutet, dass die gesamte Planung vom ersten Buchstaben an verworfen wird und das ganze Procedere, das Jahre dauern kann, beginnt von vorne.
Die Ortschaft, um die es hier geht, versinkt weiterhin im Verkehr, wird unbewohnbar, die Leute ziehen weg, der Ort verkommt. Das kann nicht richtig sein, das bedarf der dringenden Überarbeitung der Vorschriften, das muss den Wegfall von unsinnigem Verwaltungskram bedeuten. Eine Reform ist überfällig.

Andere Begebenheiten habe ich in Erinnerung:
Eine Anlage in Phillipsburg, an der 800 Arbeitsplätze hingen, hätte beinahe nicht in Betrieb gehen können, weil eine vorgeschriebene Mauer den Laichweg der Knoblauchkröte behinderte.
Den Beschwerden von Bürgern rund um den Karlsruher Stadtgarten wegen der Invasion von Krähen, die sämtliche Autos und Balkone mit ihren Verdauungsprodukten beschädigten, konnte nicht stattgegeben werden. Die Krähen sind geschützt und man hatte ihre Schlafbäume am Rhein gefällt, sodass ihnen als einziger Ausweg die Stadtgartenbäume blieben.

Ein anderes sehr problematisches Thema beschäftigte mich und war schwer zu ertragen, die Asylfälle, insbesondere die Abschiebungen. Es kann dabei über Leben und Tod entschieden werden, wenn z.B. dem Abgeschobenen im Heimatland bei seiner Rückkehr Ermordung oder Folter droht. Wenn dieser Umstand bekannt ist, wird ein Asylbewerber nicht abgeschoben. Trotzdem kommen solche Fälle vor und das bleibt nicht an den Kleidern hängen, sondern verfolgt einen das ganze Leben lang.

Es gab aber auch eine kuriose Begebenheit:
Ein Gesetz schreibt vor, dass die Buchmacher bei Pferderennen direkt auf der Rennbahn vom Finanzamt in Sachen Steuer zur Kasse gebeten werden.
So geschah es, dass eines Tages ein Buchmacher, der sich in Baden-Baden/Iffezheim zu Unrecht abkassiert fühlte, bei mir im Büro auftauchte, eine Pistole auf den Besprechungstisch legte und damit drohte: „Wenn Sie mir nicht helfen, dann erschieße ich zuerst mich und danach Sie mit Ihren Mitarbeitern!“ Als er bemerkte, dass dieses Vorgehen wohl nicht funktionieren würde, kam es zuerst zu einem großen Gelächter und dann doch zu einem vernünftigen Gespräch.

Während meiner Dienstzeit gab es in Karlsruhe insgesamt fünf Präsidentinnen. Das war eine Sensation, fünf Frauen in hohen und höchsten Ämtern. Die Presse, auch die überörtliche, berichtete darüber. Es waren:
Jutta Limbach, Präsidentin des Bundesverfassungsgerichts
Hildegard Gerecke, Polizeipräsidentin
Margareta Barth, Präsidentin der Landesanstalt für Umweltschutz
Heike Haseloff-Grupp, Präsidentin des Sozialgerichts
Gerlinde Hämmerle, Regierungspräsidentin
Heute sind es weit mehr, bestimmt doppelt so viele, was ein großer Schritt nach vorne ist.
Wir fünf haben uns zum Gedankenaustausch ab und zu getroffen oder einfach nur zu guten Gesprächen. Eines Tages wurde die Idee geboren, wir könnten irgendetwas machen, was mit uns in Zukunft in Zusammenhang gebracht werden würde. In sozialen Bereichen, das war uns von vornherein klar, gab es viele bedeutende Initiativen, die von Frauen angestoßen worden waren. Auf diesem Feld wollten wir uns nicht auch noch bewegen. Und so kamen wir schließlich auf einen Kunstpreis für Frauen ab dem 40. Lebensjahr für ihr bis dahin geleistetes Lebenswerk.
Warum dies? Es gibt im Bereich der Künste viele, auch sehr bedeutende Förderprogramme, die fast alle nur für junge Künstlerinnen gedacht sind. Bei den etwas Älteren versiegt die Quelle der Förderung bald. Und so sollte unser Preis sich auf die genannte Altersgruppe beziehen und dafür auch einen klangvollen Namen haben. Wir kamen sehr bald auf Hanna Nagel, eine der bedeutendsten Vertreterin der `Neuen Sach-

lichkeit`, die in Karlsruhe in der Bauhaussiedlung „Dammerstock“ gelebt hatte und ihre Tochter dort noch immer lebt.
Wir gestalteten den Preis wie folgt aus:
Das Regierungspräsidium, zu dessen Aufgabe es auch gehört Kunst anzukaufen, sollte nach einer Ausschreibung und einem Auswahlverfahren durch eine neutrale sach- und fachkundige Kommission ein Werk der ausgelobten Künstlerin erwerben. Da die staatliche Förderung immer einen Höchstpreis pro Werk vorsieht, haben die Stifterinnen die Kaufsumme immer durch ihre Zuzahlung erhöht.
Der Preis wurde der Öffentlichkeit vorgestellt und das Interesse war groß, bis auf den heutigen Tag. Es ist immer ein schönes Event, wenn in der Städtischen Galerie der Preis verliehen wird. Auch die Stadt Karlsruhe lässt es sich nicht nehmen, jedes Mal mit einer namhaften Persönlichkeit an unserer Feierstunde teilzunehmen.

Der Abschied in den sogenannten Ruhestand

Nun war ich also 65 Jahre alt.
Als ich meinen allerersten Unterrichtstag als junge Berufsschullehrerin hinter mich gebracht hatte, mit der gerade erworbenen Lehrbefähigung ausgestattet und ohne Mentorin agierend, rechnete ich spontan: Im Jahre 2005 wirst du pensioniert. Das kam mir damals, Mitte der 1960er Jahre, wie ein Datum vor, das ich nie erreichen würde.

Nun war es da, das Jahr 2005 und es war so Viel und Unglaubliches in meinem Leben geschehen. Schlaglichter auf diese Zeit habe ich hier in meinen Aufzeichnungen aufleuchten lassen. Ich sollte nun also in den Ruhestand gehen, ein seltsamer Gedanke, wo es doch niemals in meinem Leben ruhig zugegangen war. Ich wollte nicht gehen, keinen Ruhestand, das alte Leben nicht aufgeben, aber es war unumgänglich.
Meine große Abschiedsveranstaltung lief wie im Film ab, so als ob es mich gar nichts anginge. Ich wusste, dass mir meine Abschiedsrede schwerfallen würde. Auf keinen Fall aber wollte ich das zeigen, niemand sollte merken, dass Tränen kommen wollten und meine Stimme sollte nicht brechen. Warum eigentlich nicht? Gefühle zeigen ist doch nicht falsch. Ich war nie eine Maschine, ich war immer ein gefühlsbetonter Mensch. Aber damals wollte ich das auf gar keinen Fall! So setzte ich mich im Vorfeld mit meiner fertigen Rede, die ich nur ausnahmsweise aufgeschrieben hatte, täglich in einer abgelegenen Ecke meines Fitness Studios auf ein Trimmrad

und sprach sie laut vor mich hin, mindestens 50-mal. Und so kannte ich die ganzen Passagen auswendig und kam ohne Stottern, Zittern und Tränen darüber hinweg.
Aber dann, es war schon die Überleitung zum gemütlichen Teil, geschah es: Der Bürgermeisterchor des Landkreises Rastatt, lauter mir wohlbekannte und wohlgesonnene, gestandene Bürgermeister, trat auf und sie sangen zum Schluss „Good bye my love, good bye“. Jeder überreichte mir eine meterlange dunkelrote Rose. Da war es um mich geschehen, ich saß zwischen den Rosen und weinte bittere Tränen.
Ich bin dann, wie man das immer macht, auf die Toilette geflüchtet und es hat lange gedauert, bis ich wieder einigermaßen restauriert unter die Leute gehen konnte.

Es ist mir wirklich sehr schwer gefallen zu gehen.
Am Abend meines allerletzten Arbeitstages hatte der Karlsruher Landrat mich dann zur „Erna“ nach Burbach eingeladen. Mein Fahrer, der durch die langen Jahre ein Freund geworden war, ließ mich vor der „Erna“ aussteigen und fuhr wortlos mit quietschenden Reifen, tränenüberströmt davon.
Da stand ich nun traurig und ging dann in diese dunkle, mir unbekannte Kneipe, eher das Wohnzimmer von Erna, einer alten Frau, die dann auch kochte. Es waren ganz urige Sachen, Bratkartoffeln mit Blutwurst und all solche Gerichte, die sonst niemand mehr macht. Man saß auf Bänken an der Wand entlang und irgendwo stand ein uraltes Klavier.
Der Landrat begrüßte mich, lief aber nervös hin und her, als ob er noch jemand erwarte und tatsächlich kam plötzlich ein Stuttgarter Dienstfahrzeug mit Begleitschutz. Es war der damalige Innenminister der CDU, Heribert Rech, ein feiner

lieber Mensch und ein Fan von mir. Er nannte mich immer scherzhaft: „Die Badische Antwort auf Stuttgart“. Er stieg aus, kam herein, setzte sich sofort ans Klavier und spielte das „Badnerlied“. Es war ein vergnüglicher Abend, aber mir saßen die Tränen in der Kehle.

Der Tag danach, der 1. Juli, ein Freitag, war schwer für mich. Kein Auto, das auf mich wartete, mit meinem Freund, dem Fahrer. Keine Verpflichtungen, keine Termine, keine vertraute Umgebung, keine lieb gewonnenen Mitarbeiter.
Das Schlimmste aber war, an diesem Abend wurde das ehemalige Sommertheater der württembergischen Könige in Bad Wildbad wieder eröffnet. Jahrelange Sanierungsarbeiten lagen hinter uns. Die Denkmalschutzbehörde des Regierungspräsidiums Karlsruhe war maßgeblich beteiligt und ich bin viele Male auf der Baustelle bei den Restaurierungsarbeiten gewesen. Denkmalschutz hat mich immer interessiert und lag mir am Herzen.
Nun war der große Festakt mit Ministerpräsident Teufel und meinem Nachfolger, der die ganze Entstehungsgeschichte nicht kannte, aber nun natürlich gefeiert wurde. Für mich gab es keine Einladung. Ich spielte keine Rolle mehr. Das hat mir weh getan! Ich war auch tatsächlich kein einziges Mal im fertiggestellten Sommertheater.
Gott sei Dank war Sommer. Ich bin am 1. Juli in den Ruhestand gegangen und alles fühlte sich noch an wie Urlaub. Ich machte dann mit Freunden eine wunderbare Schiffsreise von St. Petersburg nach Moskau, aber es dauerte lange, lange Zeit, bis ich mich lösen konnte.

Gerlinde-Hämmerle-Saal

Nach meiner Amtszeit, und so etwas geschieht natürlich immer erst nach einer Amtszeit, wurde ein Sitzungssaal des Regierungspräsidiums nach mir benannt, der Gerlinde-Hämmerle-Saal.

In diesem wurde ich letztes Jahr eingeladen zu einem Gespräch über meine Zeit im Regierungspräsidium.

Zu meiner großen Freude kam auch mein damaliger Referent, heute Prof. Dr. Menzel. Er gehört heute zur Fakultät der Architekten und bringt den Studenten das unbeliebte und höchst komplizierte Baurecht bei. Er ist wohl der erste beliebte Professor in dieser Sparte, ein unglaublich kreativer Kopf. Seine Idee: Er zeichnet seine Fälle als Comics und bietet sie dann dar. Das erfreut großer Beliebtheit.

Dieser fleißige, kluge, treue Freund hatte mir zu meiner Verabschiedung zwei dicke Ordner überreicht, voll mit all den gesammelten Zeitungsausschnitten über mich als Regierungspräsidentin und den vielen gelben Klebezetteln, die ich überall hinterlassen habe mit allerlei Bemerkungen. Gerne blättere ich heute noch darin herum, staune und schmunzele.

Hier ist der QR Code und Link zum Besuch im Gerlinde-Hämmerle-Saal mit Ausschnitten aus dem Interview über meine Zeit als Regierungspräsidentin:

https://youtu.be/JU6Cv4qdL_U

Seit 2005

Ruhestand

Combo Symbadico

Im Regierungspräsidium gab es eine kleine Band. Sie bestand aus mehreren Instrumenten, die von Mitarbeitern gut und gekonnt gespielt wurden und die bei Festen innerhalb des Hauses gelegentlich auftraten.
Als ich in den Ruhestand ging, kam der Leiter dieser kleinen Band zu mir und sagte: „So, Sie sind jetzt nicht mehr unsere Chefin, Sie werden jetzt Mitglied unserer Band und das mit dem Gitarrespielen wird schon gehen."
Ich beherrsche die Gitarre nicht, das kann man nicht behaupten. Aber ich kann einige Griffe, kann einige Akkorde, kann Lieder begleiten und so habe ich versucht, mit dieser Band ein wenig mitzuspielen.
Wir hatten allerhand Auftritte und es war immer sehr schön, aber wir hatten noch keinen richtigen gängigen, beziehungsweise eingängigen Namen. Nun, wir überlegten hin und her und hätten beinahe schon einen Wettbewerb ausgeschrieben, als uns plötzlich eine Idee kam. Es sollte drin vorkommen *Baden*, es sollte drin vorkommen *Sympathisch* und es sollte drin vorkommen das *Regierungspräsidium Karlsruhe*. Und so nannten wir uns die
COMBO SYMBADICO DES
REGIERUNGSPRÄSIDIUMS KARLSRUHE.
Und unter diesem Titel waren wir sehr erfolgreich, haben bei allen möglichen Anlässen gespielt, bei den Hoffesten und bei hausinternen Veranstaltungen. Die Combo Symbadico wird bei einer späteren Aktivität meines Ruhestandes noch eine große Rolle spielen.

Ehrensache

Als Jugendliche glaubte ich, dass zu jedem Menschen auch ein Ehrenamt gehört, auch wenn ich diesen Begriff selbst noch nicht kannte. Dass man etwas für andere tat, war selbstverständlich. Es gehörte zum Leben dazu, zu unserer Freizeit, wenn wir nicht zuhause waren. Alle um mich herum taten das und bekamen dafür natürlich kein Geld.
Und so war ich auch in der Katholischen Jugend. Mein Vater, der, wie schon erwähnt, keiner Kirche angehörte und die Institutionen der Kirche ablehnte, ja geradezu hasste - man nennt dies einen Agnostiker -, war zwar nicht erfreut, aber er hätte uns nie etwas verboten, was uns Spaß machte. Und das tat es, es war ehrenamtlich und machte Spaß.
Später dann beim „Bund freier Pfadfinderinnen" war die Herausforderung den Leitspruch zu erfüllen: „Jeden Tag eine gute Tat". Und als junge Frau war klar, dass ich auch neben dem Beruf Einsatz bringe, so dann u.a. in der SPD, AWO oder GEW.
Einsatz ist Ehrensache im Ehrenamt und es gehört einfach zu mir.

Noch in meiner beruflichen Zeit lernte ich Uli Lange kennen, eine Ikone des Ehrenamtes. Er war Personalratsvorsitzender im RP und Vorsitzender des Hauptpersonalrates beim Innenministerium in Stuttgart. Eines Tages erzählte er mir vom „Festival der guten Taten", das für die große Hilfsaktion des ZDF „Aktion Sorgenkind" Gelder eingespielt und verteilt. Seine ganz Persönlichkeit war so eindringlich, ehrlich und begeisternd, dass ich ohne lange zu zögern die Schirmherrschaft über alle Aktivitäten des Festivals übernahm. Mich

überzeugte seine Motivation, die so beherrschend für sein Tun war und das hatte etwas mit seiner Vergangenheit zu tun: Uli Lange wurde in Danzig geboren und ist mit seiner Familie als Kind von dort geflohen. Die Flucht von hunderten von Menschen, darunter viele Kinder, sollte auf einem Schiff vor sich gehen, von Danzig über die Ostsee nach Schleswig-Holstein. Familie Lange hatte Plätze auf diesem Schiff, aber durch Getrödel und andere Umstände mit vier Kindern, wurde dieses Schiff verpasst, es hatte schon abgelegt.
Deshalb fuhren Langes auf einem zweiten, namenlosen Kohleschiff, dem Rest der Familie hinterher. Das Hauptschiff, die „Wilhelm Gustloff", wurde von einem englischen Torpedo getroffen und versank mit allen Passagieren. So verlor Uli Lange viele Verwandte. Das war eine der großen Flüchlingstragödien des zweiten Weltkrieges.
Diese Bilder lassen ihn nicht mehr los, bis heute ins hohe Alter. Um seinen Dank an das Schicksal, dass er ein Überlebender war, auszudrücken, organisiert er viele Hilfsaktionen. Er betrachtet es als seine Menschenpflicht so zu handeln. Wenn man ihn über seine dramatischen Erlebnisse als Kind erzählen hört, spürt man selbst bei einem jetzt alten Herrn die große Verpflichtung dem Schicksal gegenüber. Ob er an Gott glaubt, weiß ich nicht, aber er handelt wie ein gläubiger, dankbarer Mensch. Das spüre ich jedes Jahr aufs Neue, wenn wir in der Weihnachtszeit Spendengelder an die Aktion der BNN „Wir helfen" weitergeben oder an Sportvereine für ihre Jugendarbeit oder wie geschehen auch für Hilfen bei akuten Notfällen, wie Hausbrand oder tödlicher Unfall eines Familienvaters.
Schon immer galt mein Interesse, ja sogar meine Leidenschaft allem, was demokratische Ideen hochhält, bekannt macht und schützt. Ich stellte mir deshalb die Frage:

Wie vermittelt man, dass der Demokratiegedanke ein hohes Gut ist, das verstanden werden sollte und gepflegt werden muss, damit wir uns aufgehoben und gut fühlen in dieser allerbesten Staatsform, wie ich meine?
Interessant war dabei mein Engagement in der „Erinnerungsstätte für die Freiheitsbewegungen in der Deutschen Geschichte“, die sich als Außenstelle des Bundesarchivs im Rastatter Schloss in schönen großen Räumen befindet. Dort habe ich viele Jahre umfangreiche Führungen mit Gitarre und Revolutionsliedern gemacht. Wir hatten einen Förderverein gegründet, weil diese Institution in einem Dornröschenschlaf versunken war. Dessen Vorsitzende war ich lange Jahre und seit meinem Ausscheiden auch Ehrenvorsitzende.
Bundespräsident Gustav Heinemann hatte diese Erinnerungsstätte ursprünglich ins Leben gerufen, sein Nachfolger Johannes Rau war mehrfach da und auch Walter Steinmeier. Aber auch Friedensnobelpreisträger Lech Wałęsa kam zu Besuch. Für die polnischen Freiheitskämpfer hatte man in Rastatt ein Denkmal gesetzt, was Lech Wałęsa, der die Riesenstatue für Solidarność in Danzig kannte, zu der enttäuschten Bemerkung veranlasste:„So klein!“ Auch hier ein Beweis dafür, dass man es niemals jedem Menschen recht machen kann.

Aber meine neue Bestimmung fand ich dann im Landesmuseum im Karlsruher Schloss, als ich anfing Führungen durch die Zeit der Badischen Revolution anzubieten, auch hier mit Gitarre und Revolutionsliedern. Sie wurden ganz schnell ein Riesenerfolg und ich hätte an manchen Wochen morgens und nachmittags Führungen anbieten können. Diese Geschichte

läuft bis heute und kommt immer einem wohltätigem Zweck zugute.
Nach meiner gesundheitlich schweren Zeit und noch gar nicht richtig auf den Beinen bin ich mit dem schon erwähnten Filmteam ins Karlsruher Schloss, genauer gesagt mit dem gehassten Rollstuhl gerollt, um zu zeigen und zu erklären, was ich üblicherweise bei den Führungen so alles erzähle. Einblicke daraus haben sie filmisch eingefangen.
Die „Demokratiebewegung in Baden“. Das hört sich doch trocken und langweilig an. Ich denke, sie wollten mich testen, ob diese angeblich legendären Führungen von mir sich wirklich lohnen mitzumachen. Ich meine, ich habe sie überzeugt.
Um Sie auch zu überzeugen, könnten Sie in diesen Film reinschauen, den man mit dem unten angegeben Link oder QR Code öffnen kann. Und mal sehen, vielleicht treffe ich auch Sie bei einer meiner nächsten Führungen.

https://youtu.be/BZjugFZ8HME

WTT und Erich Kästner

Als ich 70 Jahre alt war, habe ich mich entschlossen in eine Seniorenresidenz zu ziehen, die Karlsruher Fächerresidenz. Da wohne ich heute noch, jetzt schon über 10 Jahren.
Es ist Mode geworden, so spät wie möglich in so eine Einrichtung zu ziehen. Mit über 90 entschließen sich manche dazu. Das ist falsch. Man ist dann alt und gebrechlich und kann an den Angeboten, die so ein Haus bietet, nicht mehr teilnehmen.
Das Schöne an diesen Häusern ist, wenn sie gut geführt sind, dass für jeden etwas dabei ist. Wenn man teilhaben möchte, kann man das tun, wenn nicht, bleibt man für sich. Es lebt sich schön und unabhängig hier. Natürlich muss man einen Batzen Geld hinlegen, aber das ist halt leider wie überall im Leben die Voraussetzung. Auch hier gilt, Geld regiert die Welt!

Gar nichts tun ist nicht meine Natur. Und so möchte ich nun über die sensationellen Kästner-Abende erzählen:
Schon zu meiner aktiven Zeit, aber weit darüber hinaus bis auf den heutigen Tag, habe ich einen Samstagmittag Stammtisch, auf den ich unter keinen Umständen verzichten möchte. Wir treffen uns meistens in Ettlingen oder der näheren Umgebung und sind immer zwischen sieben und neun Frauen unterschiedlichen Alters, alle allerdings schon im Rentenalter. Eine Eigenart ist, dass Männer eigentlich nur in Ausnahmesituationen zugelassen sind.

Wir kennen uns schon viele Jahren und freuen uns jedes Mal auf den Samstag, weil wir uns wieder sehen und miteinander reden können. Allermeistens sind wir vollzählig und sagen oft im Spaß: Die Anwesenheitspflicht ist so streng, dass nur der Tod entschuldigt.
Wir kommen aus den unterschiedlichsten Richtungen. Einige waren oder sind noch Stadträtinnen der SPD, eine war lange Jahre Leiterin des Tafelladens in Ettlingen, andere sind Hausfrauen und Mütter, wieder andere waren jahrzehntelang berufstätig. Wir nennen uns WTT, was so viel heißt wie **W**eiber **T**ratsch **T**isch. Wir reden, tratschen und regeln die Weltlage. Meistens sprechen wir einvernehmlich, manchmal auch kontrovers. Wir sind aber meist fröhlich und von einer tiefen Zuneigung zueinander geprägt.
Zu diesem WTT gehört auch Helma Hofmeister-Jakubeit, die Gründerin des Hospizes „Arista“ in Ettlingen. Die Hospizarbeit ist auf Spenden und Nebeneinkünften angewiesen, und so stellen die Verantwortlichen jedes Jahr ein tolles Kulturprogramm zusammen, mit dem sie Geld für ihre segensreiche Arbeit einspielen.
Eines Tages sagte unsere Freundin Helma zu mir: „Du könntest auch mal was für das Hospiz machen und uns helfen an Geld zu kommen, du mit deinem Namen und Wissen.“ Meine Antwort war: „Liebe Helma, ich mache nur noch etwas, auf das ich mich nicht vorbereiten muss.“ So weit, so gut, die Angelegenheit schien geklärt zu sein und das Thema erst einmal erledigt.
Wieder einmal saßen wir samstags zusammen auf dem wunderschönen Ettlinger Marktplatz im Café und die Tochter eines WTT- Mitglieds kam vorbei und erzählte voller Begeis-

terung, sie habe ein tolles Gedicht von Erich Kästner gehört, „Die Entwicklung der Menschheit“. Leider hätte sie aber schon wieder alles vergessen. Sie konnte nicht wissen, dass ich Kästner sehr verehre und fast alles von ihm auswendig kann und sie konnte auch nicht wissen, was sie da gerade anstieß: Ich hörte Kästner, ich hörte den Titel des Gedichtes und fing an wie im Reflex zu rezitieren - das ganze Gedicht in einem Rutsch.

Sprachlosigkeit auf der anderen Seite und dann der bestimmende Satz von Helma in meine Richtung: „Darauf musst du dich aber nicht vorbereiten!“

Nun war ich gefangen von meinen eigenen Worten. Ich gab zu bedenken, dass ich mich doch nicht vor Leute stellen konnte und zwei Stunden Gedichte vortragen, das wäre doch zu albern und viel zu einschläfernd.

Jedoch der Stein war geworfen und eine keimende Idee dazu hat mich nicht mehr losgelassen: Wenn ich die schon oben erwähnte Combo Symbadico dafür begeistern könnte meine Rezitationen mit Musik aus Kästners Lebenszeit zu begleiten, könnte das was werden. Die Lebenszeit von 1899 bis bis 1974 umfasst großartige Musik, vom original Charleston bis ABBA. Ich habe der Combo meine Idee vorgetragen und sie waren hellauf begeistert. Das war etwas anderes, als auf Dienstjubiläen zu spielen.

Ich sollte noch sagen, wie die Combo sich zusammensetzt. Es sind zwei Saxophone, ein Schlagzeug, eine Klarinette, eine Trompete, ein Akkordeon, ein Bass, manchmal noch ein Keyboard und drei Gitarren. Eine Gitarre bin ich, allerdings nur tauglich für begleitende Akkorde, wie früher bei den Pfadfinderinnen am Lagerfeuer. Wir nannten das „Schrumm

Schrumm". Aber es füllt den Klangkörper etwas und die beiden anderen Gitarren sind zudem richtig gute Spieler. Überhaupt sind es hoch begabten Musikerinnen und Musiker auf hohem Niveau, obwohl Amateure! Ihre Begeisterung und ihre Bereitschaft sich mit mir zusammen für eine gute Sache einzusetzen kannte keine Grenzen und so waren unsere legendären Erich-Kästner-Abende geboren.
Unser allererster Auftritt im Foyer des Landratsamtes war eine Sensation. Die Stühle reichten nicht, ständig wurden Sitzgelegenheiten herbeigeschleppt, um die vielen Besucherinnen und Besucher unterzubringen.
„Leben und leben lassen" war der Titel und eine schöne Summe haben wir damit für das Hospiz eingespielt.

15 Jahre „Kästner für Arista" ist eine stolze Bilanz, und wir machen weiter. Seitdem meine Krankheit einigermaßen überwunden ist, arbeiten wir wieder an einem neuen Programm. Ich kann nur alle einladen zu kommen und einen tollen Abend zu erleben mit einem der größten Satiriker und Kabarettisten Deutschlands, der mir mit seinem Scharfsinn, seiner Weisheit, seinem umwerfenden Humor und prophetischer Gabe immer wieder Schauer über den Rücken jagt.

Hiermit möchte ich Sie unbekannterweise einladen zu unseren kommenden Erich-Kästner-Abenden mit der Combo Symbadico, die in schönen Ambienten stattfinden, wie beispielsweise dem Ettlinger Schloss. Die Termine können Sie auf der Website des Hozpizes „Arista" finden:
www.hospiz-arista.de

Das Alter und die Geschichte vom Gurkenglas

Nicht weit von meiner Wohnung gibt es ein Lebensmittelgeschäft, wie sie heute so sind, mit Bäcker, Metzger und anderen Angeboten. Ich kaufe dort immer die besten Essiggurken, die ich kenne, die aus dem Spreewald, denn die von meiner Oma gibt es ja leider nicht.
Eines Tages stehe ich an der Kasse und möchte eines dieser Gurkengläser auf das Laufband stellen. Das Glas rutscht mir aus der Hand, mit einem Klatsch zerspringt es auf dem Boden in tausend Fetzen und die Gurken sausen durch den Laden. Eine richtig schöne Schweinerei. Ich weiß nicht, wo ich vor lauter Scham hinschauen soll.
Natürlich ist das Geschäft voll und die Schlange an der Kasse wird länger. Es stehen viele junge Leute an, denn wir haben viele Bildungseinrichtungen und Studentenwohnheime in unserer Umgebung. Einige sagen, dass das gar nicht schlimm sei, andere schweigen, aber den Gesichtern sieht man deutlich an, dass sie denken: „Soll die Alte doch daheim bleiben oder sich von jemanden begleiten lassen. Was muss die überhaupt noch einkaufen?!"
Obwohl ich junge Menschen wirklich mag, ich bin tolerant und weltoffen, aber in diesem Augenblick habe ich allen, die dastanden gewünscht, dass ihnen hundert Gurkengläser aus der Hand rutschen sollen und dass tausend Gesichter wie ihre sie anstarren. Das sind keine schönen Gedanken und es ist auch nicht anständig, aber gedacht habe ich es doch, so gedemütigt kam ich mir vor. Ich habe in diesem Geschäft nie mehr Essiggurken gekauft!

Unsere Gesellschaft überaltert zunehmend, offensichtlich ein Phänomen aller Industrienationen, und gleichzeitig sinkt die Akzeptanz der Alten. Nicht so in anderen Ländern.
In unserem Haus gibt es einen Pflegedienst, bei dem Pflegerinnen und Pfleger aus vielen Nationen angestellt sind: Eritrea, Tunesien, Elfenbeinküste, Polen, Kroatien, Kosovo und andere Balkanländer. Natürlich gibt es auch Deutsche.
Wie unverständlich manches für diese Pflegekräfte ist, wurde mir klar, als eine Pflegerin aus dem Kosovo mir erzählte, dass sie erschrocken sei, wie man in Deutschland mit alten Menschen umgeht. Sie habe den Eindruck, dass man sich für die Alten schämt und sie eigentlich gerne loswerden möchte. Das findet sie schrecklich und das ist es auch.
Ähnliches formulierte eine hochqualifizierte Pflegerin für Wunden und andere schwierige Fälle von der Elfenbeinküste, die eine gute Ausbildung in Frankreich und der Schweiz hinter sich hat und auch hier viele Fortbildungen macht: „Bei uns in Westafrika gilt folgende Regel: Zuerst kommt Gott, egal welchen Namen er hat, dann kommen die Eltern und wenn man keine Eltern mehr hat, dann kommen als Ersatz für die Eltern andere alte Menschen. Von ihnen kann man lernen, von ihren Erfahrungen profitieren.“ Deshalb verstehe sie unsere Einstellung zu alten Menschen überhaupt nicht.“
Da wird man nachdenklich!
Aber eines mag ich nicht und kann es auch nicht nachvollziehen, das ständige Klagen über die mangelnde Hilfsbereitschaft. Ich erlebe sie meist anders. Angesprochen werde ich oft, besonders auch von junge Menschen. Sie fragen, ob sie helfen können, sei es in Geschäften, wenn ich etwas suche, sei es in der Straßenbahn, im Kino, im Theater, egal wo. Und eines möchte ich auch einmal ausdrücklich betonen, es sind sehr oft Menschen mit Migrationshintergrund. Wenn in den

Straßenbahnen jemand aufsteht, dann ist es meist ein Ausländer und ganz häufig ein Syrer oder Afghane oder Afrikaner. Hut ab und danke!

Fortschreitendes Alter

Ich schreibe jetzt noch über das Altwerden.
Bei meiner Verabschiedung vom Dienst habe ich gesagt, es beginne jetzt ein neuer Abschnitt, aber nicht der Lebensabend, sondern allerhöchstens der Nachmittag.
Das war eine ungeplante Reaktion auf die Abschiedsrede des Personalratsvorsitzenden, der mir, mit gerade mal 65 Jahren, einen schönen Lebensabend gewünscht hatte. Das hat mich geärgert und ich habe ihm den Nachmittag untergejubelt.
Aber auch Nachmittage gehen vorbei, es werden Spätnachmittage daraus und die frühen Abendstunden, an denen im Sommer die Vögel noch singen und im Winter die Lichter angehen.
Und plötzlich ist es doch Abend. Mein 70. und mein 75. Geburtstag waren große fröhliche Feste, der eine im Karlsruher Schloss und einem riesigen Aufgebot an Gästen, der andere nicht weniger umfangreich im Waldzentrum des baden-württembergischen und städtischen Waldes. Es war ein herrlicher Frühsommertag in der freien, wunderbaren Natur mit fröhlichen Gästen bei einem wohlschmeckenden Eintopf und Getränken. Mehr ist überhaupt nicht notwendig, um ein unvergessliches Fest zu haben.
Der 80. fiel dann allerdings Corona zum Opfer, aber ich wünsche mir, dass noch einige unbeschwerte Feste folgen werden.

Bei guter Gesundheit alt zu werden, das wäre für jeden etwas. Mir auf meinen alten Tagen ist es leider nicht gegönnt und das trübt auch die Lebensfreude. Ständige Schmerzen sind etwas Unerträgliches, sie verändern die Persönlichkeit. Man

wird ungeduldig, ungerecht, grüblerisch und depressiv. Ich erlebe nun Behinderung am eigenen Leib und sehe Vieles plötzlich aus einem ganz anderen Blickwinkel als in meinem bisherigen Leben.
Wenn ich nicht schon so alt wäre, würde ich mich mit aller Kraft in die Behindertenpolitik begeben. Es gäbe so vieles zu tun. Ich denke nun oft an meine erste Stadtratszeit im Jahre 1972. Hanne Landgraf, die große Dame der SPD bat mich, möglichst bald einen Antrag einzubringen, der die Absenkung der Bordsteine an Kreuzungen für Gehbehinderte, Rollstühle und Kinderwagen verlangte, sowie die akustischen Ampeln für Sehbehinderte und Blinde. Das habe ich auch gemacht, aber die wahre Bedeutung dieser Maßnahmen sollte ich erst viele Jahre später als Betroffene im Rollstuhl erkennen sowie die Hilflosigkeit, die damit verbunden ist.

Ich habe mich nun, nach vielen schweren Operationen und langen Krankenhausaufenthalten, aus dem Rollstuhl wieder herausgearbeitet. Der Wille nicht aufzugeben, der mich mein ganzes Leben begleitet hat, hat mich zurückgeführt. Sie nennen mich in der Klinik „Wunderkind". Aber das stimmt nicht. Das Wunder haben andere vollbracht, großartige Ärzte und Ärztinnen, fähiges und einsatzbereites Pflegepersonal, Unterstützung in meinem Wohnsitz, der Fächerresidenz. Mehr als einmal haben sie mich dem Tod von der Schippe geholt. Ich verdanke ihnen, dass ich wieder selbständig mit dem Rollator gehen kann.
Ich habe beschlossen, mit einigen Einschränkungen, mein altes Leben fortzuführen. Dabei hoffe ich, dass mir noch etwas Zeit bleibt auf dieser - trotz allem was geschieht - wunderbaren Erde und meiner geliebten Heimatstadt.

Zum Rollator: Als ich vor einigen Jahren in diese schöne Senioreneinrichtung zog, habe ich mich noch darüber gewundert, wie schnell die Anzahl der Rollatoren zunahm. Und dann, über Nacht, gehörte meiner dazu. Der Rollator ist eine sehr hilfreiche und die Lebensqualität von Millionen Menschen verbessernde Erfindung. Dem Erfinder sollte man einmal den Nobelpreis verleihen!
Übrigens habe ich den schicksten Rollator, den es auf dem Markt gibt. Und wenn es dazu kommen sollte, kaufe ich mir den schönsten Spazierstock der Welt.

„Zu neuen Ufern lockt ein neuer Tag“

Dieser letzte Satz meiner Abschiedsrede aus dem Dienst vor fast zwanzig Jahren, war ein Zitat aus Goethes Faust in der Osternacht.
Ich habe mir damals die neuen Ufer anders vorgestellt, aber nun versuche ich sie trotzdem zu erreichen.
Meiner Krankheit und die vielen, mir endlos erscheinenden Krankenhausaufenthalte verdanke ich diese Aufzeichnungen.
Eine Freundin schlug vor, ich könne doch versuchen, die langen schlaflosen Nächte zu nutzen, um aufzuschreiben, was mir so über mein Leben einfällt.
Das habe ich getan.
Dieses kleine Buch ist das Ergebnis!

Danke an alle Mitwirkenden des Buch-Projektes

Für das Recherchematerial:
Prof. Dr. Jörg Menzel - ehem. Pers. Referent im RP
Manfred Richter - „Die Wasserwerker“, Bundestagskabarett
Klaus Schäfer - „Combo Symbadico“, Band des RP Karlsruhe

Für das Zuhören und Mitdenken sowie für die Unterstützung im Lektorat:
Katharina, Elisa, Silke, Michaela, Anke, Hartmann

Für die stillen Unterstützerinnen:
Wilma Steinbrech, Edda Unferfert, Katharina Eiff

Danke an alle Mitwirkenden des Film-Projektes

Insbesondere durch Carolin Hauke sind die folgenden Filme entstanden (Ideen, Kamera, Schnitt, Grading).

Sie wurde unterstützt durch das Filmteam:
Katharina Hauke, Sophie Reißfelder, Alexander Thelen,
Tobias Stolz, Leon Hauke

Danke für die Drehgenehmigungen:
Badisches Landesmuseum, Prof. Dr. Eckart Köhne
Regierungspräsidium, Regierungspräsidentin Sylvia Felder
Stadt Karlsruhe, Oberbürgermeister Dr. Frank Mentrup

Danke für die finanzielle Unterstützung:
Kulturamt Karlsruhe
Regierungspräsidium Karlsruhe

Und hier nochmals der Weg zu allen vier Filmen:

www.youtube.com/@gerlinde-haemmerle

Lebenslinie von Gerlinde Hämmerle

05.06.1940	geboren in Wolfach/Schwarzwald

Schule/Ausbildung

1946-50	Volksschule Wolfach
1950-54	Gymnasium Hausach
1954-56	Fichtegymnasium Karlsruhe Realschulabschluss
1956-59	Frauenfachschule Staatsexamen in Hauswirtschaft

Berufsleben und Politik

1959-61	Berufspädagogisches Institut 1. Staatsexamen
1961-62	Praktika
1962-87	Berufsschullehrerin, Studiendirektorin stellvertretende Schulleiterin der Helene-Lange-Schule Karlsruhe
1967	Eintritt in die SPD
1971-87	Mitglied im Karlsruher Gemeinderat
1976-86	Ortsvereinsvorsitzende, Südweststadt
ab 1982	Vorsitzende der SPD Fraktion
ab 1985	im Präsidium des Landesvorstandes
1987-94	Mitglied im Deutschen Bundestag
ab 1988	Mitglied im SPD Fraktionsvorstandes
1990-1994	Bundestagskabarett „Wasserwerker“
ab 1991	Parlamentarische Geschäftsführerin

ab 1991	Mitglied der Unabhängigen Föderalismuskommission
1994-2005	Regierungspräsidentin des Regierungsbezirks Karlsruhe
seit 2005	Ruhestand

Auszeichnungen und Ehrungen
Bundesverdienstkreuz 1. Klasse 1995
Verdienstmedaille des Landes Baden-Württemberg 2005
Heimatmedaille des Landes Baden-Württemberg 2006
Ehrenmedaille der Stadt Karlsruhe 2006
Ehrenbürgerin der Stadt Karlsruhe 2010
Ludwig-Marum-Preis der SPD 2021
Günther-Klotz-Medaille

ISBN: 978-384-02004-8